LÚCIO DE MENDONÇA

O MARIDO DA ADÚLTERA

Coleção
GRANDES CLÁSSICOS DA LÍNGUA PORTUGUESA

VOLUME 23

BRASILIARIS

Editor-chefe:
Tomaz Adour

Revisão:
Equipe Vermelho Marinho

Capa:
Spirit

Diagramação:
Marcelo Amado

Texto revisado segundo o novo Acordo Ortográfico da Língua Portuguesa.

Dados Internacionais de Catalogação na Publicação (CIP)
Fabio Osmar de Oliveira Maciel – CRB-7 6284

M539m

Mendonça, Lúcio de, 1854-1909
O marido da adúltera / Lúcio de Mendonça. – 1. ed. – Rio de Janeiro : Brasiliaris, 2023.
130 p. ; 21 cm. – (Grandes clássicos da língua portuguesa ; v. 23).

ISBN 978-85-8265-277-0

1. Romance brasileiro. I. Título.

689-075-23 CDD : 869.93

Índice para catálogo sistemático:
1. Romance : Literatura brasileira 869.93

EDITORA VERMELHO MARINHO USINA DE LETRAS LTDA
Rio de Janeiro — Departamento Editorial:
Avenida Gilka Machado, 315 — bloco 2 — casa 6
Recreio dos Bandeirantes — Rio de Janeiro — RJ
CEP: 22795-570

VERMELHO MARINHO
www.editoravermelhomarinho.com.br

SUMÁRIO

APRESENTAÇÃO

O selo Brasiliaris é uma iniciativa da Editora Vermelho Marinho com a Spirit, que tem como objetivo resgatar todas as obras clássicas da literatura brasileira que estejam em domínio público. Independente do autor ou da época em que escreveu, a coleção pretende publicar todas as obras de todos os autores que estejam disponíveis para publicação ou digitalização.

É um trabalho de longo prazo, pois citando apenas alguns autores muito conhecidos, como Machado de Assis, José de Alencar e Joaquim Manuel de Macedo, descobrimos que eles têm uma obra muito extensa, incluindo romances, contos, novelas, poemas e textos teatrais, fora artigos em ensaios. E muitas dessas obras não se encontravam mais no mercado. Até agora.

Tomaz Adour, o editor da coleção, já vem fazendo este trabalho de resgate há mais de 10 anos, conseguindo trazer de volta ao mercado autores do porte de uma Júlia Lopes de Almeida, A. G. Teixeira e Souza, Paulo Setúbal, Coelho Neto, Francisca Júlia, Bruno Seabra, Carmen Dolores, Martins Pena, João do Rio, Coelho Neto, Chrysanthème, entre tantos outros que lançou na Coleção Grandes Clássicos.

Com o apoio da Spirit e sua experiência em design aliada à sua paixão pelos livros, estes e outros autores irão ganhar roupagem nova, com edições especiais com orelhas, edições especiais em capa dura, além de ebooks a preços acessíveis para todos os leitores.

Este projeto ambicioso é uma forma de levar ao público tudo de bom que foi produzido em nossa literatura, permitindo que os leitores tenham acesso não apenas às obras mais famosas dos principais autores, mas também a obras que estão fora do mercado há décadas ou mesmo séculos. Com isso, um leitor que se apaixonar por um livro de um autor poderá conhecer toda a sua obra.

É um trabalho de garimpagem. Temos mais de 10.000 obras a serem publicadas e estamos atrás de obras perdidas, esquecidas ou que possuem poucas cópias em bibliotecas ou coleções particulares. Por isso, todo apoio é bem-vindo. Cada leitor ou amante de livros que deseje sugerir ou indicar uma obra receberá os créditos e será um colaborador da coleção. Acreditamos que, desta forma, obras perdidas ou com cópias desgastadas poderão ser resgatadas, desde que haja um colecionador ou uma biblioteca que a possua. Se quiser colaborar, basta nos escrever.

Que os leitores possam descobrir cada vez mais as obras de uma das literaturas mais importantes do mundo!

Não há acidentes nem anomalias no universo; tudo acontece por uma lei e tudo atesta uma causalidade.

Maudsley — *O Crime e a Loucura.*

Só a verdade ou a conexidade entre a causa e o efeito nos interessa. Estamos persuadidos de que todos os seres, todos os mundos, estão enfiados como pérolas, e que pelo fio que os atravessa vêm ter a nós os homens, os fatos e a vida, que passam e tornam a passar-nos diante dos olhos para o fim único de nos dar a conhecer a direção e continuidade dessa linha de filiação. Um livro ou um raciocínio que tende a provar-nos que não existe outro encadeamento senão o acaso e o caos, que uma desgraça sucede sem causa, que uma felicidade surge sem motivo, que um herói nasce de um idiota ou um idiota de um herói, desanima-nos. Acreditamos nos laços de filiação, sejam ou não visíveis.

Emerson — *Os Representantes da Humanidade.*

O acaso é uma explicação demasiado cômoda, que tem, de resto, o inconveniente de nada explicar. O acaso não é sequer uma hipótese, é o nada. Não há acaso na História. Todos os fatos, pequenos ou grandes, ligam-se por uma cadeia contínua, cujos anéis podem passar-nos despercebidos, mas nem por isso existem menos.

Véron — *Estética.*

Ao Dr. Esperidião Eloy de B. Pimentel Filho

Esta dedicatória, que é um tributo ao talento e à virtude, é também uma reparação: na imprensa de S. Paulo, quando éramos ambos estudantes, trocamos, por divergências políticas, umas frases amargas... As divergências cessaram, aproximamo-nos, conhecemo-nos: hoje, vejo que há entre os nossos espíritos essa elevada concordância que é o mais sólido cimento da amizade.

A esse nobilíssimo caráter ofereço este ensaio de romance, cuja alma é a honra.

Escrito para folhetim do *Colombo*, quase sempre à hora de fechar-se o *Correio da Campanha*, e impresso em folha de livro logo depois da publicação periódica, sem tempo de corrigir-se, sem prévia leitura do trabalho completo, o que deu causa a numerosas retificações posteriores, nada pode esperar como obra d'arte.

Acolha-o, pois, não com a severidade do crítico ilustrado, que é, mas com toda a benevolência do amigo.

S. Gonçalo, 20 de janeiro de 1882.

L. de M.

CARTAS DE UMA DESCONHECIDA

À redação do ***Colombo***

I

Tantas vezes tenho começado e interrompido a execução desta ideia de escrever para a publicidade a história de minha desventura, que ainda receio não chegar a concluir ou mandar esta mesma carta, mais uma vez tentada em hora de pungente ansiedade, como são já agora as de todos os dias que vivo, que desvivo.

Mísera de mim! Compreendo, com tristeza, que é ainda um sentimento vaidoso o que me move: não é só a necessidade irresistível de desafogar tanta angústia: é também uma remota esperança de persuadir, aos amigos dele, que cheguei a compreender, ainda que muito tarde, o homem honrado que foi meu marido — para sua desgraça sem remédio e para meu desesperado remorso.

Todo este prólogo, senhores redatores, lhes há de estar parecendo bem estranho e bem fastidioso; pois não sei se alcançarei do meu espírito, ainda e sempre conturbado, as justas expressões para dar a conhecer, com a necessária lucidez, o assunto destas cartas.

É, antes de tudo, preciso que lhes fale de mim, desde já, para esclarecer as minhas intenções e dissipar, quanto possível, todo mistério romanesco, de que desejo despir a minha narrativa.

Nasci há 22 anos, nesta província, no mesmo lugar obscuro e sossegado a que me vim acolher agora, depois da tempestade que foram os poucos meses de minha vida conjugal.

Tenho parentes orgulhosos que não me perdoariam nunca a humilhação que há de vir destas revelações: por isso oculto, e quero que fique em segredo impenetrável, o nome do lugar donde escrevo: peço-lhes, senhores redatores, que destruam desde logo os invólucros de minhas cartas, onde o carimbo do correio há de inevitavelmente imprimir o nome que deve ser ignorado. Confio de sua honrada discrição este sigilo.

Mas para que lhes escrevo? Se fosse único, seria imperdoavelmente egoístico o fim, já indicado, de uma justificação tardia e com certeza inútil, para juízes que me odeiam ou desprezam, e a quem talvez não cheguem estas linhas; mas há outro motivo mais impessoal e elevado: esta narração fiel de um grande infortúnio obscuro, que matou um homem honesto em plena mocidade e amortalhou para sempre, na viuvez mais desgraçada, a triste mulher que sou eu, pode ser lição proveitosa a algumas outras, que meditem o meu caso infeliz e verdadeiro, e reflitam que todo o mal me veio, a mim e aos que dele mais sofreram, de uma educação corruptora e falsa.

Disfarçarei meu nome e os outros, porque quase todos ainda pertencem a vivos, e o mais amado e o mais desditoso deles há muito pouco tempo que se gravou num túmulo. Um dos senhores redatores conheceu de perto, em S. Paulo ou no Rio de Janeiro, o moço que foi meu marido. A esse dirijo estas cartas; se entender que é inconveniente a publicidade a que as entrego, leia-as ele somente, e talvez alcance a mesquinha que as escreve a piedade de uma alma boa, se não conseguir a absolvição de um espírito reto.

Se esta primeira carta for publicada, cuidarei de redigir melhor as outras, para que não sejam de todo indignas de sua folha; senão, direi o mais depressa e singelamente que puder o meu sombrio episódio, e o senhor redator, se julgar que o interesse do caso paga a pena, lhe dará forma sua e melhor, ou simplesmente o lerá, se lhe permitir o tédio. Seja como for, já agora vai a carta. O destino que lhe derem me indicará o que tenho de fazer.

Laura de M.

O nosso colega, a quem particularmente se refere a nossa misteriosa colaboradora, decidiu que se publicasse, nesta seção da folha, a sua primeira carta, que aí fica acima, adicionando-lhe estas linhas dele:

"Fiquei perplexo muito tempo: o caso literário é dos mais atraentes e dos menos embaraçosos; mas o caso de consciência, se não cativa menos a atenção, já enleia mais. A carta de Laura de M. é escrita para a parte do público que lê o *Colombo*, mas as que hão de vir depois, prometidas por essa, pertencem-me exclusivamente enquanto eu não resolva comunicá-las a terceiros. Nestes termos, parece fácil a solução imediata: publica-se a primeira carta. Mas as outras? Mas publicar a primeira e ter talvez de sequestrar as seguintes? É nada menos que excitar a curiosidade dos leitores e deixá-la insaciada: má ação em todo caso, talvez desgosto para os assinantes, descortesia com certeza.

Já eu fico, pois, por meia dúzia de considerações, obrigado a mandar para aqui as outras cartas que vierem. Mas — e aqui está a colisão — se a mísera desconhecida inspirar-se mais na necessidade de expansão do que na dignidade de sua, parece que grande, dor íntima, hei de eu ser cúmplice nesta profanação lamentável, abusando da confiança com que a Laura de M. aprouve honrar-me?

Ocorre felizmente que Laura de M., por mais que nos queira prevenir em sentido contrário, é, apesar de sua desgraça, ou por amor dela própria, uma romântica. Sinto dizer-lhe: mas está se vendo...

Não, minha linda senhora (vou apostar que é linda), não é assim que se consolam mágoas como a sua; não é assim, muito menos, que se expiam culpas, como as que insinua ter em cartório. V. Ex.ª, pelo que vejo, está ainda com o luto de uma catástrofe doméstica, e já vem chorar para o público as suas lágrimas. E moraliza o escândalo com a declaração de que deseja ver o seu exemplo proveitoso para outras. Na sinceridade desta intenção — desculpe-me V. Ex.ª — é que eu de todo não creio: se a dor é grande e verdadeira, acho muito cedo para já ter entrado em período de tão frio raciocínio que chegue a querer verter em proveito alheio. Acredito mais no desejo confessado de justificar-se, e mais ainda na inconfessada vaidade de contar que foi amada e que já arrasta uma vida de moço na cauda de seus triunfos.

Esta convicção tira-me todos os escrúpulos, e aí a entrego e irei entregando à curiosidade do público. Pois, em consciência, que dever tenho eu de zelar o recato de uma desgraça que mostra querer, principalmente, que a conheçam?

Tenho, mercê de alguma experiência, boa soma de incredulidade para os meus poucos anos: esta desilusão precoce é um dos frutos mais amargos, mas também mais legítimos da bela sociedade em que vivemos. Posso estar profundamente enganado, mas também não posso crer que V. Ex.ª, viúva com 20 anos, leve o estoicismo à sublimidade de vir expor o coração retalhado para ensinamento às outras mulheres. Se assim é, pelo mais disparatado dos acasos, dou-lhe os meus pêsames, ó fênix da desgraça! E se assim é, faça-se-lhe a heroica vontade: aí vão para a imprensa as suas cartas, e irão pelo mesmo caminho as que vierem. Se, porém, como é mais provável, Laura de M. quer apenas fazer romance sentimental, ainda que verdadeiro, que o faça embora; só temos que lhe agradecer a colaboração, que é interessante. Em todo caso, respeitarei sempre o sigilo que recomenda, e entretanto beijo-lhe sem nenhum escrúpulo a mão desconhecida.

Lúcio de Mendonça".

15

CARTAS DE UMA DESCONHECIDA

À redação do ***Colombo***

II

Estive no lugar de meu nascimento até dez anos feitos; com essa idade, mudei-me para o Rio de Janeiro com a família toda; meu pai, engenheiro da província, demitido por intrigas políticas, foi para a Corte a tratar de nova colocação, e lá ficamos.

Como parece que sucede a todos, lembram-me quase sem lacuna os fatos de minha meninice, passada na província; talvez o encanto dos primeiros anos comunique falsas cores maravilhosas a muita coisa vulgar; talvez o prestígio da distância, prestígio maior no tempo do que no espaço, favoreça, com prejuízo da verdade, a obra da memória; mas lembra-me tudo.

E que travos amargos, triste de mim, agora bebo nas próprias recordações da infância! Tem isto a vida: o futuro honrado e triunfante como que absorve e absolve as passadas misérias; mas a desgraça dos anos posteriores retrocede ao começo da vida e o enegrece no refluxo da onda escura. — Só no infortúnio se conhece uma e idêntica a alma humana.

Perdoem-me os senhores redatores o acesso de filosofia: ainda isto comigo é sintomático: de muitos anos de vida puramente instintiva, em que deu flor e fruto a minha natureza entregue a si, eis-me que passei, já tarde e sem encanto, à fecunda paz da reflexão. Paz, não para mim, que de cada recordação do passado surde e assalta-me, como inimigo emboscado, à espera de minha consciência, um fantasma, um tigre — o remorso. Que vida então foi esta, que eu pude viver descuidosa e não me pode lembrar sem sustos!

Carlota de L., a Carlotinha do Silva, foi a companheira mais constante, a única, a bem dizer, que eu tive em menina. É hoje, neste lugar, a mulher muito respeitada de um negociante português, que dizem que está riquíssimo. Tem três filhos, é agora magra como um I e feia como ninguém e como nada mais. Tratamo-nos friamente: recebeu-me mal a primeira vez que nos tornamos a ver, e eu detesto-a com toda a intensidade com que me arrependo do meu passado, que é, em muita coisa, obra sua.

Carlotinha era, há dez anos, uma rapariguinha feiticeira: muito morena, bem feita, esbelta, de olhos e cabelo negríssimos, olhos sulistas, pensativos e grandes; a boca muito graciosa, de beiços finos, um pouco secos, de uma mobilidade inquieta e faceira, trejeitosa sobre a alvura úmida dos dentes. Às vezes, ao abraçar-se comigo, chorava e mordia-me. Trazia o cabelo sempre liso, em pastas ou em tranças, e franzia impaciente a testa curta quando lhe esvoaçavam por ela alguns fios rebeldes. Tocava bem piano; as mãos finas e magras, sempre quentes como se ardessem de febre, batiam no marfim das teclas como em carícias nervosas. A música sentimental era a que preferia, Schubert ou Chopin, ou, mais vezes, os trechos tristes da *Triaviatta* e da *Norma*; e quando expirava a nota derradeira, ficava calada e estática, com o olhar vago cheio de quimeras, ou levantava-se rápida, espreguiçando a alma inteira num suspiro.

Com 18 anos estava, seguramente, no oitavo namorado. O último que lhe conheci, e que dou pelo oitavo sem afiançar que não fosse o 20.º, era o filho mais velho do professor público do lugar. Eduardinho, um rapaz amarelo como os seus próprios dentes, comprido, de cabelo comprido, de casaco comprido, de olhar comprido, de unhas compridas, quase imberbe, recitador de versos melancólicos.

Vi, por amor deste sujeito comprido, o dia pior de minha amiga. Tínhamos ido ao baile do casamento da Joaninha do Beco, filha do José do mesmo apelido, que lhe veio, e a filha, de ter a venda à esquina de uma viela, para a qual davam exatamente os fundos de nossa casa. Carlotinha, que morava mais longe, veio à tarde encontrar-se comigo para irmos juntas.

— Hoje, sim, tem você que namorar! — disse-lhe eu quando ela estava ao espelho de meu quarto alisando o cabelo.

— Qual, menina! — respondeu-me com um risinho de satisfação. — Isso é bom para as bonitas... Quem perde o seu tempo comigo?

— O Eduardinho não vai?

— Acho que há de ir... pois não haviam de convidar um moço que recita tão bem? Mas que pensa você? Se for, não é por minha causa: não tem visto como anda derretido com a prima?...

— Com aquela pamonha?...

— Quero ver só como ele me trata hoje.— E remirando-se no espelho: — Você o que acha? Eu não sou tão feia assim...

— Feia!?... Quem me dera!...

Carlotinha abraçou-me muito minha amiga, e, com o Eduardinho no pensamento, faceirava e repetia:

— Hoje é que hei de ver.

Nisto, minha mãe chamou por nós, e saímos.

No baile, Carlotinha dançou com o namorado as três primeiras quadrilhas seguidas, e ainda passeou de braço com ele nos intervalos. A prima de Eduardinho, uma loura muito insípida, não tirava os olhos do par; amuada, recusara todos os pedidos, ficando pregada à cadeira em que estava, junto à janela do jardim.

Quando a música deu o sinal para uma valsa, o pai de Carlotinha, o tabelião Silva, levantou-se de perto de nós e foi ao encontro da filha, que já tomava lugar na sala, de par com o Eduardinho.

— Não, senhora, não dança esta.

— Por que, papai?

— Porque precisa descansar.

— Ora, Sr. Silva — interveio dizendo o Eduardinho —, pois quadrilha cansa?

Mas o tabelião pegou na filha pela mão e levou-a consigo para onde nós estávamos, dizendo, que se ouviu na sala:

— Venha sentar-se. Dê licença, Sr. Eduardo.

Houve um movimento geral de reparo, e Carlotinha veio sentar-se, vermelha e trêmula, ao pé de mim, que estava a um canto, unida à parede. Tomei-lhe a mão; voltou-se para meu lado, como quem conversava, mas realmente para furtar os olhos, rasos de lágrimas.

— Ora o *seu* Silva... — murmurei a modo de consolação.

— Meu pai é um bruto — respondeu-me com a voz surda dos seus momentos de cólera.

O Eduardinho, muito desafinado, saiu para o jardim.

Daí a pouco veio um criado chamar o Silva, que conversava com meu pai. Saiu e voltou logo, com o chapéu.

— Não me demoro: vou só passar uma procuração com pressa, e já venho. Olhe-me aqui a Carlotinha, que não faça alguma tolice. Até já.

— Vá sossegado — disse-lhe meu pai.

Mal tinha saído o tabelião, vieram buscar meu pai para uma mesa de solo; Carlotinha, ficando só comigo, levou-me para o jardim. Vimos logo o Eduardinho, num banco semicircular que acompanhava o tronco robusto de uma mangueira afamada em toda esta vila, tão velha e copada era. Recebia em cheio a faixa luminosa que vinha de uma janela fronteira, da sala do baile. Com as pernas trançadas, tinha a cabeça baixa, o queixo apoiado aos longos dedos da mão direita, cujo braço dobrado formava ângulo agudo com a coxa da calça preta.

Trago vivos na memória os mínimos incidentes daquela noite, e não é estranho que os reproduza com esta exatidão matemática, pois já disse que sou filha de engenheiro.

O certo é que estávamos bem perto do Eduardinho, andando sem amortecer os passos, e ainda ele, imóvel na sua atitude de estátua da meditação, não dava mostras de nos ter visto.

Carlotinha levou-me pela rua da mangueira, e, ao frontearmos com o banco, gentil e carinhosa, passou a mão rápida pela cabeça do cismador namorado, segredando-lhe com uma voz apaixonada e meiga como se fora uma enfiada de beijos:

— Não faça caso, não pense nisso.

O rapaz levantou a cabeça como assustado, ergueu-se a meio no banco, abriu a boca, mas não disse nada, e tornou a sentar-se, muito enleado.

— Vai ver se papai está ganhando no solo — disse Carlotinha, impelindo-me brandamente para a sala; obedeci sem refletir, e, da porta, quando já ia entrar, lancei um olhar para o jardim e vi a minha amiga ao lado do Eduardinho, no banco.

Dançava-se então uma quadrilha, não pude atravessar a sala; cheguei a uma janela que abria para o jardim, colei o rosto à vidraça:

o longo braço negro do Eduardinho cingia o corpinho branco de minha amiga, e as duas testas amorosas aconchegavam-se, uniam-se às vezes como os traços de um acento circunflexo. Depois..., a ortografia foi outra: as duas cabeças fundiram-se num traço único, traço de união, mas vertical. Beijavam-se, evidentemente.

Cessara a quadrilha; ia a sair para a saleta onde meu pai jogava, quando entrou o tabelião, e a sobrinha, a loura insípida com quem o Eduardinho andava derretido, acercou-se do tio, falou-lhe alguma coisa baixinho e levou-o para a janela que estivera toda a noite abeirando.

Aproximei-me disfarçada, e ouvi-lhe dizer ao tabelião:

— Vá acabar com aquilo, tio Silva; é uma vergonha.

O tabelião partiu para o jardim como um raio; felizmente a sala estava quase deserta, pois os pares tinham ido aos doces e aos refrescos, e apenas restavam duas ou três senhoras sentadas, que não dançavam nem comiam, uma cuidando de uma filhinha adormecida, outras cochilando para um canto.

Da janela, vi o Silva com a filha, presa pelo braço, a dar-lhe empuxões brutais e a falar-lhe unido ao rosto; não vi mais o Eduardinho.

Carlotinha entrou rubra como uma labareda, com a cabeça a querer enfiar-se pelo colo dentro, e sem já conter os soluços com que vibrava toda. Seguida pelo pai, sem levantar a cabeça, atravessou a sala e a saleta de espera, cheia de convidados, e assim saiu para a rua, sem despedir-se de ninguém. Nem me viu.

Contou-me, tempos depois, que o Eduardinho, apenas dera com o vulto do tabelião, saltara o muro.

Cinco minutos depois, todo o baile sabia do escândalo, referido de amiga a amiga, a partir da loura ciumenta.

Por exigência do tabelião, foi o Eduardinho remetido pelo pai para uma loja de ferragens na Corte. Carlotinha passou dois meses fechada em casa.

No dia seguinte ao da sua restituição à sociedade, apaixonou-se por um caixeiro que lhe foi levar amostras.

Perguntei-lhe uma vez se tinha saudades do Eduardinho.

— Nem por isso — respondeu-me com a cara limpa e um gestozinho de enfado e de nojo —, tinha muito mau hálito.

20

CARTAS DE UMA DESCONHECIDA

À redação do ***Colombo***

III

Foi nas vésperas de nossa mudança para o Rio de Janeiro que se deu em casa um grande escândalo.

O dia todo fora um desconsolado dia de chuva, pálido e mofino, e continuara pela noite o mau tempo. Estava a família reunida na sala de jantar, todos calados e inertes. Minha mãe dava de mamar a uma filhinha de três meses, e afagava lentamente a cabeça a meu irmãozinho Carlos, sentado na barra de seu vestido; Lina, minha irmã mais velha, com o *crochet* caído no regaço, pasmava os lindos olhos tristes na contemplação absorta do céu que se via pelas vidraças: a lua em quarto crescente dava tons fantásticos às nuvens escuras atormentadas pelo vento. Com a notícia da demissão de meu pai, chegada uns dias antes, desfizera-se o casamento de Lina, contratado com um moço fazendeiro do lugar. Desde então, o nome do rapaz era injuriado em casa a todas as horas da conversa; Lina, das primeiras vezes, chorava; depois foi se fazendo forte e já por fim colaborava na descompostura em família.

Estirado em uma cadeira, com as mãos enfiadas nos bolsos das calças, a figura desleixada de meu pai completava aquele quadro de cansaço e desalento.

Tínhamos jantado mal, sem carne, essa tarde. Às oito horas, batidas no relógio de parede, veio a cozinheira, de vestido encarvoado, oferecer uma bandeja com café. Minha mãe recusou, Lina também, só meu pai endireitou-se na cadeira e bebeu a sua xícara.

Eu pedi biscoito; o Carlinhos, meio dormindo, levantou os olhos para a minha mãe e reclamou biscoito, choramingando.

— Lina — disse minha mãe —, vê biscoito para essas crianças.

— Não tem mais — respondeu minha irmã.

— Com efeito! — exclamou meu pai. — Pois já nem compram biscoitos!

— Comprou-se, mas comeu-se — replicou minha mãe, com mau modo.

— Porque não se comprou que chegasse.

— Porque o dinheiro também não chegava.

Renovou-se entre eles a questão de dinheiro, agitada a todo instante, e que terminava sempre lamentando minha mãe a nossa pobreza, os gastos exagerados que se faziam em casa.

— Para o luxo da senhora e de sua filha chegou sempre!

— Decerto, como para o jogo do senhor, e para a tal política, que lhe tem dado muita coisa!

— Deixe, mamãe — interveio Lina, dizendo e pegando no *crochet* com a mãe trêmula. — Eu bem digo que me mandem para a cozinha: poupa-se a cozinheira e já eu não preciso andar com tanto luxo... com todo este luxo. — E mostrava o vestido de chita enxovalhado.

Dizia-o muito branca, com os beiços tremendo, quase a chorar.

Meu pai levantou-se furioso.

— Sim, senhora, muito bem criadinha... se tem tão bons exemplos!... É isto: gastam-me a paciência e o dinheiro, dão escândalos de todo tamanho para apanhar um noivo, e quando lhes sai o negócio torto, ainda é a besta de carga quem as atura!

Passeava pela sala, dando pontapés nas cadeiras e apertando as mãos.

O Carlinhos, entretanto, continuava a pedir biscoito, com a vozinha arrastada e plangente das crianças manhosas; eu fora acolher-me a um canto, longe de minha mãe, que em tais momentos descarregava a ira no primeiro filho que lhe dava pretexto. Como o Carlinhos continuasse, levantou-lhe a camisola e aplicou-lhe duas palmadas que estalaram; o coitadinho, chorando então deveras, veio a correr para meu lado.

— Isso! — exclamou meu pai. — Bonito modo de contentar uma criança que tem fome. Esta... não sei que diga!...

— Diga, cachorro, diga! — vociferou minha mãe, indo pôr-se defronte dele com as mãos para as costas. O pobre homem fez um gesto de desespero, e, como andava sempre por casa com o chapéu na cabeça, saiu precipitadamente, batendo com a porta.

Minha mãe veio para o meu canto, agarrou o Carlinhos, bateu-lhe mais e empurrou-o depois para meu colo.

— E não me chore mais! — intimou-lhe.

Ele, que era muito meu amigo, abraçou-se-me ao pescoço, cortando o choro e soluçando baixinho; pouco e pouco os soluços tornaram-se mais fracos, senti mais pesada no ombro a sua cabecinha, os braços caíram-lhe desatados: tinha adormecido. Levei-o para a cama e deitei-me com ele.

Mas não podia dormir: a cena que presenciara entre meu pai e minha mãe, a altercação chegada pela primeira vez àquele extremo, puseram-me numa agitação nervosa que me fazia tremer o corpo todo. E lembrava-me que meu pai, tão bom para mim, saíra para a rua com chuva e frio, sem nenhum resguardo, quando já se queixava tanto de dores que pioravam nos dias úmidos.

Na sala de jantar, entretanto, minha mãe, ainda muito excitada, conversava com Lina.

Tratavam do casamento frustrado, assunto inesgotável entre as duas.

— Se você me tivesse ouvido mais — dizia minha mãe —, estava bem livre do desgosto: mas não senhora, acho que chegou a gostar do tal mono, e foi tão tola que ele o percebeu: fez de você o que quis, e passe por lá muito bem.

— Ora! Fiz o que a senhora me ensinava...

— Mas fez demais...

Seguiram-se umas palavras em voz mais baixa, que não ouvi, e veio depois esta frase monstruosa, que nunca mais, já eu donzela e noiva, se me apagou da memória:

— Não lhe deixou nada a desejar, e queria ainda que ele casasse?

— E agora?... — perguntou Lina, depois de longa pausa.

— Agora, é ter mais juízo, para outra vez. Vamos para a Corte, onde não faltarão pretendentes, para você e para a Laura, que já vai ficando moça. E tome sentido que não venha a casar primeiro que você: essa é mais viva...

— E mais bonita, diga logo — atalhou Lina, agastada.

— Por isso não: beleza não vale nada: a coisa é os saber levar.

Só uma hora depois, quando já as duas estavam acomodadas, chegou meu pai, fechou a porta da rua, entrou nas pontas dos pés, e, ao passar pelo quarto em que eu dormia, mal alumiado pela lamparina do seu e de minha mãe, que era contíguo, chegou-se à minha cama, viu-me ainda acordada, tirou do bolso um objeto e meteu-o embaixo do travesseiro. Era uma broa de milho, que eu comi avidamente, até às migalhas.

Meu pobre pai!

IV

Eram fins de agosto de 1869. Chegávamos ao Rio de Janeiro à noite, pelo trem de serra-abaixo, da estrada de ferro D. Pedro II. Da vidraça a que eu estava, assistia a um espetáculo surpreendente: extensas linhas de pontos luminosos teciam-se em todas as direções, lembrando-me a multidão de vaga-lumes que luziam na várzea de minha vila natal; não haviam ainda cessado os rumores industriais da capital, que para os meus ouvidos habituados à quietação provinciana eram de uma demasia maravilhosa e ensurdecedora.

Na estação, apinhava-se a gente que tinha vindo ver e esperar os conhecidos: olhares acesos de curiosidade davam busca a todos os carros e examinavam cada passageiro que saía; meu pai desceu primeiro, depois minha mãe e logo Lina, e eu por último, levando pela mão o Carlinhos, que acordara, pouco antes, espantado. Todos trouxéramos do carro uma infinidade de objetos, embrulhos, latas, cestinhos, caixas de papelão de todo feitio. Na plataforma, meu pai deixou-nos agrupadas junto aos nossos objetos colocados no chão, e foi ao despacho da bagagem.

Lina conversava em voz baixa, discreta, com minha mãe; Carlinhos, que despertara, indicava-me com o dedo o que mais o surpreendia; eu estava deslumbrada com a vida extraordinária do espetáculo; parecia-me que o meu destino elevava-se a uma altura gloriosa, banhada de fina claridade. Do exterior, da rua, chegavam em lufadas, interrompidas pelos rumores mais próximos, as harmonias chorosas de uma rabeca e de uma harpa; a música, uma música sentimental e longínqua, vinha dar o tom suave ao meu encantamento. Passou por nós um par lindíssimo, brilhante de mocidade e de elegância: um rapaz magro, de bigode, todo vestido de casimira clara, com um chapéu alto de castor branco, e, de braço com ele, uma rapariga alvíssima, de cabelo muito negro, penteado de um jeito admirável, colhendo com a mão enluvada um vestido cor de cinza com largos laços; a passagem deles derramou no ar um perfume delicado de feno.

Eu estava alheada de tudo mais que não fosse aquele estranho cenário em que me via: sentia-me invadida de uma sensação suavíssima, de uma voluptuosidade superior: parecia-me que fora nascida e criada naquele centro civilizado, que também eu tinha toda a gentileza moderna daquela moça de penteado alto e vestido cor de cinza. Chegava meu pai, acompanhando quatro pretos do ganho com canastras à cabeça; achei-o desprezível com o seu sobretudo empoeirado, e, quando nos pusemos a andar, afligiu-me, como um andrajo, o meu vestidinho de fustão branco enxovalhado pela viagem.

Fomos da estação para a casa de um antigo colega de meu pai, que morava na cidade nova; fomos todos a pé. Pela rua, eu ia de cabeça alta, dando a mão direita ao Carlinhos, e levando na esquerda uma cesta, que escondia para as costas e me aborrecia muito, principalmente porque não me deixava pegar no vestido como vira a mocinha da estação; mas pisava firme, com as minhas botinas novas, compradas para a viagem, e fazia ressoar o meu passinho miúdo nas largas pedras de cantaria. Quando passava por alguma loja iluminada, deitava um olhar de proteção vaidosa ao Carlinhos, muito mais baixo do que eu, e que era quase preciso ir arrastando, tão embasbacado caminhava.

— É nesta rua — disse meu pai, ao dobrarmos uma esquina.

Era uma rua espaçosa e extensa, com altos sobrados entremeados de casinhas térreas, quase todas com rótulas. Toda a minha ambição naquele momento era que fosse de sobrado a casa para onde íamos, tanto que, avistando adiante um correr de casas baixas, fiquei contentíssima quando passamos além dele sem parar.

— Safa! — exclamou minha mãe: — o tal seu amigo mora onde o Judas perdeu as botas!

— Está perto, é já aqui adiante.

Pouco adiante havia para mim uma perspectiva magnífica, de quatro ou cinco sobrados unidos; mas, ai! Passamos por todos eles e fomos parar à porta de uma casa muito baixa, com três janelas de frente, apenas!

— É aqui — disse meu pai.

Entrou no corredor, que só era alumiado por um lampião fronteiro da rua, e, chegando-se a uma porta com grade, tocou a campainha.

Ao segundo toque, vieram abrir; veio uma mulatinha.

— O Sr. Dr. Florim está? — perguntou meu pai.

A mulatinha olhou espantada para todos nós, que já tínhamos entrado com uma porção de cestas e embrulhos, e para os carregadores das canastras que apareciam à porta; afinal respondeu que o Sr. Dr. Florim estava.

— Diga-lhe que aqui está o Moura com a família, que chegaram de Minas.

A rapariguinha tornou a cerrar a porta e voltou para dentro.

Correram talvez cinco minutos sem que ninguém aparecesse. Meu pai tinha despedido os carregadores das canastras, que as haviam recolhido ao corredor. Sobre uma delas cochilava o Carlinhos, que logo se sentara.

— Que gentinha amável! — resmoneava minha mãe: — na roça, pelo menos, não se deixa ninguém esperar tanto tempo.

Mas a todo instante contávamos que viessem abrir; afinal soaram passos próximos, dentro, réstias de luz coaram-se pelas frestas de uma porta, naturalmente da sala de visitas, à esquerda, que abria para o corredor, girou uma chave na fechadura, e do vão entreaberto e iluminado surgiu o vulto de um homem gorducho e baixote, velho, de suíças brancas e cabelo cortado à escovinha; custou-lhe um pouco a distinguir alguma coisa na penumbra do corredor, mas afinal, dando com meu pai, que se aproximou, estendeu-lhe francamente a mão.

— Oh, Moura!... Entrem, queiram entrar, minhas senhoras. Então vem chegando agora?...

Meu pai, um pouco enleado, explicou que chegávamos um pouco antes do tempo que marcara, por mais de uma circunstância... que depois diria; pedia desculpa pela desagradável surpresa, mas o seu amigo bem sabia que só tinha de suportar-nos enquanto ele não alugava casa...

O Dr. Florim mais de uma vez o tentou atalhar dizendo: *Ora, é boa! Ora, pelo amor de Deus! Esta casa é tua!*, mas meu pai ia recitando as suas desculpas, como uma coisa estudada e indispensável.

Tínhamo-nos sentado; o Dr. Florim pediu permissão pra ir chamar a família e mandar recolher as nossas canastras.

A sala de visitas era estreita e atulhada, com duas janelas para a rua e quatro portas, contando com a que nos dera ingresso: a mobília não parecia nova, especialmente o piano, que, abrindo para o lado da parede, apresentava o pano do forro, verde, desbotado e despregado em mais de um ponto; os aparadores estavam cobertos de enfeites de bronze, de conchas, de cristal e de tapeçaria; na mesa do centro, sobre uma coberta de crivo, havia, ao lado de um grande lampião de globo fosco, dois álbuns e uns grossos rolos de cartão; a um dos cantos dela, como esquecido, estava um cachimbo de espuma já muito requeimado. Ainda que muito cheia e ornada, tinha a sala não sei que aspecto de pobreza que logo se conhecia... talvez porque o tapete do sofá era velho e gasto, talvez porque o papel das paredes, desmaiado e com manchas de gordura, mal se escondia debaixo dos muitos quadros que o forravam; talvez porque as escarradeiras de porcelana azul estavam por limpar e uma delas trincada.

Momentos depois, veio a família — a dona da casa, uma senhora magrinha, que podia ter, igualmente, quarenta ou cinquenta anos, uma mocinha beiçuda, de cara redonda e bexigosa, testa curta e maçãs salientes, ambas com vestidos caseiros muito unidos ao corpo, que a mocinha possuía admiravelmente modelado, e, com as duas, um rapazola a quem apontava o buço, de cabelo anelado e quase a dar pelos ombros.

Fizeram-se as apresentações, pois só meu pai era conhecido de todos ali. A mocinha sentou-se entre mim e Lina; a dona da casa, ao lado de minha mãe; o rapazola, junto ao pai, que conversava com o meu.

— Não os esperávamos tão cedo — dizia a senhora do Dr. Florim à minha mãe —; o Sr. doutor tinha escrito que só chegariam lá para o fim do ano.

— É certo, mas foi preciso apressar...

— Ah!... tanto melhor! Mas hão de desculpar a má hospedagem... assim desprevenidos...

— Tanto que nem fomos esperar à estação, como havíamos de ir, se soubéssemos... — disse para Lina a mocinha.

— Sim — respondeu minha irmã, para dizer alguma coisa —; mas assim foi melhor, porque evitou-se o incômodo...

— Não... muito gosto.

O Dr. Florim dizia também:

— Ficam mal acomodados, porque esta nossa casinha é uma casca de ovo; mas, em suma, há de se arranjar...

— Só o que lamentamos é termos vindo incomodar... mas em pouco tempo...

— Ainda me vens tu com essa cantiga de incômodo, de incomodar!... Amigos velhos...

— Sim, eu contava com a tua paciência...

E a mocinha, a quem a mãe chamara Délfica, dizia a Lina, voltando-se às vezes para mim, com bondade, que a rua era muito animada, passavam muitos casamentos, moravam uns estudantes na vizinhança...

— Amigos de Lulu — acrescentou, indicando o irmão, que não tirava os olhos de Lina.

— O seu menino está caindo de sono — observou a mãe dela para a minha. — Também, coitadinho! A viagem não é para menos. Mas amanhã já entra na travessura com os outros. Não lhe faltam companheiros...

— Sim — replicou minha mãe —, sei que tem três filhos pequenos... Já estão dormindo?

— Já... dormem cedo.

Seguiu-se um silêncio, que os donos da casa aproveitaram para lembrar que carecíamos de descanso; o chá nos iria ao quarto, se não preferíssemos tomar alguma refeição mais sólida. Minha mãe recusou por todos.

Minutos depois, estávamos metidos em uma saleta ao lado da sala de visitas, e que gozava da terceira janela para a rua. Duas marquesas com camas, umas duas esteiras com travesseiros e lençóis, no chão, com o complemento de uma cadeira com bacia, jarro dentro e uma toalha às costas, e de outra com uma vela acesa, era tudo que ali havia.

Estava bem fatigada, mas, com a novidade das emoções, não pude adormecer logo: ainda tive tempo de surpreender, na fronha do meu travesseiro, o perpassar furtivo de mais de um percevejo.

V

Uma manhã, em que todas as *pessoas grandes* da casa tinham ido passear ao Aterrado e só ficáramos as crianças, ouvi, da saleta em que dormia, uma conversa grave e seguida entre meu pai e o Dr. Moura, na sala de visitas, próximo à porta junto a qual eu escutava.

O Dr. Florim falava com o tom fanhoso e arrastado que tinha quando dizia alguma coisa difícil; meu pai ouvia calado, e, sem ver, lhe estava eu vendo os olhos pardos e tristes pasmados de desânimo.

— ...Bem compreendes quanto me custa a falar-te assim, em minha casa; mas... não é de hoje que me conheces... sabes se sou teu amigo! Também, nestes quatro meses, já deves ter observado o gênio de minha mulher... um gênio de todos os demônios, filho!... Ora, tu és casado, sabes que quando lhes dá, as mulheres, para implicar com uma coisa, não há meio... Penaliza-me... mas que queres?... Não pode mais ver tua filha... Desculpa, meu velho, mas não há meio... senão separarmos as famílias.

— Pois sim — disse meu pai levantando-se —, pões-me na rua!

— Louvado seja Deus!... Não sou capaz disso... Apenas, te mostro que é necessário irmos cuidando de ver casa para tua mudança... logo que puder ser...

— Ah! Bem sabes que a dúvida não é pela casa, nem por vontade minha; não guardo segredos contigo: tenho dois mil réis no bolso: com isto é que hei de sustentar casa? Nestes quatro meses, não tenho feito nada... nada!

Houve um silêncio que me oprimiu com todo o peso de sua vergonha; ardiam-me as faces de pejo ao ver tão abatidos os meus. Ah, Lina! Lina! Namoradeira sem alma, era por tua culpa aquele momento de infâmia!

Desde o dia imediato à nossa chegada, travara-se nutrido namoro entre minha irmã e o filho do Dr. Florim, tão bem levado que em menos de uma semana chegou aos beijos e abraços. Mais de uma vez os surpreendi, no corredor. Mas do lugar escuso passou o escândalo para o público, do corredor para as janelas: viram-no os estudantes de defronte e logo toda a gente o soube. Uma noite, passando inesperada pela sala de jantar, ouvi a dona da casa dizer que a tal sirigaita lhe estava desmoralizando o Lulu!

— Por isso não, Moura — disse finalmente o Dr. Florim —; pouco tenho, como tu não ignoras, e não me faltam bocas em casa; mas para te auxiliar, no princípio, com alguma coisa, podes contar comigo. — E depois de uma pausa, que meu pai levou passeando: — Olha, vais morar para S. Cristóvão; há casas pequenas por muito bom aluguel; tenho lá um sobrinho casado, que é condutor de bonde, e com isso sustenta a família sem maiores necessidades. Na Corte, a gente econômica vive bem com muito pouco. Aqui estou eu, que apenas tenho a minha cadeira e alguma arrematação de tempos em tempos, e vou vivendo sem ser pesado a ninguém... Quero dizer, se tivesse necessidade não me envergonharia de ocupar um amigo, porque os amigos são para as ocasiões... caramba!

O Dr. Florim era, e ainda é, professor substituto em uma das escolas superiores do Rio de Janeiro.

— Pois fica assentado, Florim: vou para S. Cristóvão, quando me puderes ajudar na mudança.

— Pode ser segunda-feira. Até lá, te arranjo casa e a mobília para começar...

Era uma sexta-feira. Que pressa de nos verem pelas costas!

— Segunda-feira,... pois sim... Mas sabes que nem para as primeiras despesas...

— Fica por minha conta, sossega.

Na segunda-feira seguinte estávamos mudados para uma casinhola apenas caiada, com uma saleta de frente e três quartos, sala de jantar e cozinha; mas custava vinte mil réis mensais, e tinha um jardinzinho de vinte palmos na entrada. A mobília, menos que suficiente, foi alugada pelo Dr. Florim, em segunda — que digo? —, em centésima primeira mão.

Mas estávamos em casa nossa, forros de maiores vexames: o Dr. Florim alcançara para meu pai um lugar de desenhista em um escritório de engenharia, que lhe dava oitenta mil réis por mês. Assim vivemos dois anos, e não foram os piores!

Acendeu-me sempre o mais vivo entusiasmo a glória militar, e tenho para mim que todos os que a deprimem, por amor de umas ideias que não compreendo exatamente, são uns covardes que disfarçam a fraqueza com a alegação de sentimentos humanitários. Belos anos heroicos, os de minha adolescência! Comoviam-me, como páginas de um romance encantador, as notícias da guerra no Sul; sabia de cor os nomes dos heróis brasileiros: Osório, Andrade Neves, Silveira da Motta, Mariz e Barros! Era a tal ponto, que a simples farda pacífica do urbano que policiava a rua, seduzia-me o olhar e o coração! E quando, num dia de anos do Carlinhos, vestiram-lhe um uniforme de marinheiro, com o chapéu envernizado, de fitas pretas pendentes e com o nome de Maurity em letras de ouro, abracei-me longamente com ele, imaginando-me irmã ou noiva de um almirante glorioso!

Por esses dias, os primeiros de 1870, festejou-se na Corte a volta do Conde D'Eu e dos batalhões brasileiros, que vinham do Paraguai; terminara a guerra com a morte do ditador; os vencedores atravessavam as ruas embandeiradas, seguidos de música, debaixo de uma chuva de flores, de discursos, de aclamações populares. Fomos à iluminação da Rua Guanabara, em Botafogo, onde morava o príncipe. Esplêndida noite! A larga rua toda tinha uma abóbada de luz; mal se podia mover o passo na pinha humana que a enchia.

Quase em frente ao palacete do príncipe, ao aproximar-se um batalhão que marchava com a bandeira à frente e saudado pela multidão, veio sobre nós uma onda de povo tão impetuosa que a mão do Carlinhos, que ia comigo, desprendeu-se da minha e vi o pobrezinho morto, asfixiado entre o povo... Expedi um grito lamentoso ao ver meu irmãozinho apertado num grupo compacto que mais e mais se espessava, impelido pelos que vinham chegando; mas nesse momento, por um canal que se abrira ao pé de nós, no centro da rua, passava o batalhão; na angústia em que eu estava, não sei explicar como, de improviso, surgiu a meu lado um moço oficial com o Carlinhos desmaiado, mas erguido nos braços acima da multidão, que aplaudia.

O batalhão seguiu e entrou pela porta larga do palacete; o oficial, que salvara meu irmão, aproveitou-se de um claro que outros conseguiram formar em torno dele, ajoelhou sobre a perna esquerda, deitando o Carlinhos na direita dobrada, levou-lhe ao nariz um lenço perfumado, soprando-lhe ao mesmo tempo na testa. Voltaram logo os movimentos ao coitadinho, que abriu os olhos muito admirados e atirou-se para mim, que estava a seu lado.

Abri os braços e recebi-o; meu pai acercou-se de nós, estendeu a mão ao moço oficial e agradeceu-lhe comovido, oferecendo-lhe a nossa casa, em S. Cristóvão, dizendo a rua e o número. E, como o moço se afastava, perguntou-lhe:

— Seu nome, meu amigo?

— Álvaro de Lima, tenente de cavalaria, rio-grandense...

— Eu sou Manoel Jorge de Moura, engenheiro, mineiro, seu criado para sempre...

O tenente Álvaro esquivou-se a mais agradecimentos; mas, ao afastar-se, voltou-se, como instintivamente, para mim, que sustentava o Carlinhos ainda muito fraco, beijou na testa o seu amiguinho, que lhe sorriu, e o seu bigode louro e nascente roçou de leve pela mão com que eu amparava a cabeça do menino.

Senti um eflúvio delicioso coar-se-me no sangue e morrer suavemente no coração alvoroçado, e parece que o revelei no olhar com que me despedi dele.

Assim comecei a amar aos doze anos.

VI

Se eu tivesse podido evitar, em meu passado, a noite de Natal de 1870! ... Seria hoje, talvez, uma boa mãe de família, querida e respeitada, leal companheira de um trabalhador honrado, rico de talento e de futuro, em vez do fúnebre isolamento em que se arrastam agora os dias vazios desta vida estéril, truncada e seca. A estas horas, por esta desabrida noite de chuva, naturalmente, havia de estar no coração da casa — na minha câmara de esposa — fazendo adormecer um filho cansado de travessura... em lugar desta amarga ocupação de revelar a olhos hostis ou indiferentes os segredos de minha infelicidade.

Bem diversa desta foi aquela noite inolvidável! Noite de verão, calmosa, estrelada, entontecedora de eletricidade e de perfumes... O nosso jardinzinho de S. Cristóvão, sem outra luz mais do que as estrelas, misturava no ambiente magnético o aroma das rosas, do resedá, das violetas e das maravilhas. A rua, depois da rumorosa devoção da *missa do galo*, entrara em profundo silêncio. Tínhamos ido à igreja mais próxima, eu, Lina e minha mãe; Carlinhos ficara dormindo; meu pai estava doente desde muitos dias, com o seu reumatismo que o pregara na cama; acompanhara-nos o tenente Álvaro, já íntimo da casa, já meu noivo. Ajustara-se que voltaria ao Rio Grande para trazer uma irmã viúva, que era toda a sua família, e casaríamos no dia em que eu completasse treze anos. Que encantamento sem fim era então a minha vida! Nadava em glória, ao lado de meu belo noivo altivo, enamorado, entusiasta, com o amplo peito amado cintilante de medalhas da campanha!

Pedira-me que o esperasse aquela madrugada no jardim, depois da missa, depois que todos em casa dormissem. Para quê? Não estávamos sempre juntos? Respondeu-me que não tínhamos toda a liberdade, como queria, para conversar melhor, para dizer, sem o constrangimento de estarem outros ouvindo, todo o futuro que para nós ideava. Efetivamente, o mais amável dos nossos colóquios era sempre aguado pelo intrometimento importuno de Lina: chegava sempre a ponto de nos interromper as efusões mais calorosas; mais de uma vez lhe conheci, no olhar oblíquo e no sorriso estudado, uma ponta de malícia e de inveja. Foi principalmente como desforço contra a tirania de sua vigilância que consenti em encontrar-me a sós com Álvaro. Depois, que mal havia nisso? Era meu noivo, meu marido em poucos meses. E estava em vésperas de partir para tão longe! E pedia com tanto amor, com tanta humildade, com tanto receio de que eu recusasse!...

Passava de uma hora da madrugada quando chegou ao jardim, onde eu já o esperava. Trazia um manto muito comprido, com que andara na guerra e que lhe dava irresistível encanto. Tomou-me as mãos, achou-as frias, viu-me tremer toda, envolveu-me consigo no manto e num abraço que se não desenlaçou mais. Lembra-me ainda que ao princípio, entre beijos seguidos, longos, embriagadores, falou-me dos dias risonhos que nos esperavam, de uma casinha branca, à beira-mar, com persianas verdes, toda forrada de tapete, com um piano discreto e harmônico e um caramanchão à porta, donde, abraçados, no silêncio da noite, ouviríamos o lamento das ondas...

Depois, foi como se adormecesse e sonhasse ao lado dele, a ouvi-lo, num sonho estranho, angustioso, mas cheio de requintada delícia.

Ao alvorecer, acompanhou-me até à porta abraçado comigo; dei volta à chave cautelosamente; uni à fechadura fria a face afogueada; ouvi os passos dele que se afastavam, surdos e rápidos; apalpando, caindo extenuada nas cadeiras, cheguei ao meu quarto, onde velava a lamparina amortecida; atirei-me ao leito, vestida como estava, e só então, como uma luz que se acendesse inesperada, tive clara consciência de minha situação! Rompi num choro abafado que durou imenso tempo; apertava as mãos, soluçando, numa aflição sem consolo, sentindo-me perdida para sempre, odiando vagamente e, ao mesmo tempo, amando, amando com desespero, o homem que me possuíra.

O tenente Álvaro de Lima só tornou a aparecer em casa três dias depois, à noite, na véspera de embarcar. Veio triste e sério, falou pouco, demorou-se menos de uma hora, nenhuma vez olhou-me francamente. Na despedida, prometeu voltar dali a dois meses e escrever sempre; abraçou meu pai, abraçou-me e saiu. Da janela, por detrás da vidraça descida, vi-o atravessar o jardim e, rápido, furtivo, deitar um olhar para o banco onde passáramos a madrugada do Natal: colhi nesse olhar, coado pelo vidro, coado pelas lágrimas de meus olhos, um raiozinho de ironia e de vaidade, expressão sutilíssima, quase imperceptível, mas que bastou a revelar-me que já não podia esperar daquele homem nenhum futuro honrado: por um lampejo instantâneo conheci a alma inteira do infame!

Passou-se um mês e dois e muitos: o tenente Álvaro não voltou nem escreveu. Soubemos depois que, quando nos conheceu, já era casado.

Com esta desgraça, outra nos veio à casa: depois de faltar quatro meses ao escritório, ainda que faltasse por doente, perdeu meu pai o lugar de desenhista, que foi preenchido por outro: voltamos à proteção do Dr. Florim, às vergonhas da esmola.

Carlinhos — com sete anos! — era quem levava ao engenheiro as cartas de meu pai com pedidos de dinheiro; das primeiras vezes, vinha a resposta — uma nota de cinco mil réis — dentro de uma sobrecarta, sem mais nada; por último, até a delicadeza da sobrecarta foi omitida: entregavam o dinheiro, nu e cru, na mão da criança, como verdadeira esmola. Com aquilo passávamos três e quatro dias, comprando a carne à tarde e o pão duro da véspera.

Uma manhã, o menino voltou chorando; deu o dinheiro a minha mãe e veio para o jardim onde eu estava cosendo.

— Que foi? Que aconteceu?

— Não vou mais lá! Não vou, ainda que me batam!

— Mas fala! Que aconteceu?

— Ora! Quando eu toquei a campainha, veio a Lucinda, aquela mulata atrevida que eles têm, e, vendo-me, fez uma cara de idiota ou de bêbado, e estendeu a mão dizendo: "Me dá um vintém, camaradinha!" E saiu para dentro, falando alto, para a mulher do doutor, que aí estava *seu padre Kelé*...

— Ah, demônio! E a D. Clarinha, que disse?

— Que disse? Entregou o dinheiro à Lucinda para me trazer, e disse, de propósito para eu ouvir: "Toma! Dá lá o vintém ao camaradinha!"

Dizia-o de olhos vermelhos, engasgado de vergonha. Sentou-se a meu lado no banco, de cabeça baixa, soluçando.

— Veja só isto — continuou, com a vozinha chorosa —, a gente anda mais de uma hora por essas ruas que não têm mais fim, chega cansado, nem mandam entrar; espero às vezes a resposta mais de meia hora, em pé, no corredor; e agora ainda este desaforo comigo!... Pois eu tenho culpa de papai precisar, para me fazerem isto?... — E depois de um silêncio em que eu, calada, lhe coçava a cabeça: — Pois agora não vou mais, você não acha?

— Tem paciência, meu irmão! Como há de ser?... Nós não temos... Se, ao menos, as nossas costuras dessem para todas as despesas... mas qual! São tão poucas... Olha, sempre há uma esperança: aquela velha da Rua do Areal, que nos lava a roupa, falou ontem a mamãe, nas costuras do Arsenal. É só ter uma pessoa conhecida que peça, porque depois é um trabalho que não falta, e o pagamento é certo, aos sábados. Acho que na carta que você levou hoje, já o papai escreveu ao Dr. Florim que nos arranjasse essas costuras...

— Deus permita! — soluçou o coitadinho.

Deus permitiu: menos de uma semana depois, recebíamos, todas as segundas-feiras, fazenda grossa para calças e blusas do Arsenal de Marinha; o Dr. Florim obtivera-nos o serviço, sob sua responsabilidade, com muita prontidão. Eram vinte, vinte e tantos mil réis que recebíamos todos os sábados, depois de uma semana de trabalho constante. Mas a casa, como toda casa que trabalha, tornou-se mais alegre; esperava-se o sábado como um dia extraordinário; nessa noite conversava-se até mais tarde e, como a nossa remessa de costura só vinha na segunda-feira, passava-se em folga o domingo; à tarde íamos todos passear à quinta imperial, vingando-nos da estreiteza do nosso jardim naquelas extensas ruas cheias de sombra e cobertas de fresca verdura. Uma vez por outra, ficávamos até mais tarde, e então íamos à estação da estrada de ferro em S. Cristóvão, ver chegar o trem da serra, à noite.

Assim aconteceu num domingo dos fins de março, dia bem-fadado entre todos, que foi o último de nossa miséria!... Mas, ah! Esquecia-me que também foi começo para desgraças maiores!

Ouviu-se, longe, o sinal, rouco e grosso como um mugido, da locomotiva que chegava.

— Ali vem o *boi*! — disse na plataforma um rapazinho de jaqueta.

Chegou, passavam lentamente os carros, a cujas janelinhas assomavam as mais diferentes cabeças — um velho de chapéu do Chile, um carão vermelho, orlado de barbas ruivas, encimado por um boné branco, a carinha risonha de uma menina —, enquanto as rodas, parando, rangiam os trilhos.

Súbito, soltei um grito que atraiu a atenção dos circunstantes:

— Meu padrinho!

À janela de um carro de primeira, assomara o busto cheio, envolto num pala branco, de um belo provinciano de barba grisalha e bigode rapado. Pôs para fora um braço, acenando com a mão:

— Oh, Laura!... Oh, Manoel!... Oh, mana!...

— O mano João! Olhe, Sr. Moura! — exclamou minha mãe, puxando pelo braço de meu pai.

Adiantou-se este para o carro, acompanhado de todos nós, que, quase a um tempo, nos agarramos à larga mão do viajante.

— Mas saia, homem! Moramos aqui perto! Venha! Não tem tempo a perder!...

— Tempo não tenho para despachar toda a bagagem!

— Essa agora! Pois deixa para amanhã a bagagem, e põe-te daí para fora!

— Também pode ser — tornou com pachorra meu padrinho, e recolheu-se para o carro, donde saiu logo com as mãos carregadas e ainda empurrando com o pé, para a frente do carro, uma lata de folha.

Ajudamo-lo a passar para a plataforma tudo aquilo, com o seu corpanzil de oito arrobas.

— Olhe se não tivéssemos a boa ideia de vir hoje à estação...

— Tinha eu de quebrar a cabeça para achá-los!

— Mas como a culpa seria tua... — observou meu pai. — Como te havíamos de dizer onde morávamos se, depois que afundaste para os sertões de S. Paulo, nunca mais nos escreveste?

— Esperava, todos os meses, vir eu mesmo surpreendê-los, e vinha uma coisa e vinha outra e lá se foram três anos, não é?

— E alguns meses — corrigiu Lina.

— E a minha Lina, como vai? Pois ainda estarás solteira, rapariga? Já te fazia com filhos...

— Não tratou que casava comigo? — replicou minha irmã, sorrindo: — Estou à sua espera!

— Vem para cá com essa, minha sonsa! Havia de ser isso mesmo! Se não me roeste a corda, foi porque ainda não achaste dentes que te ajudassem...

— Ora, tio João! Não me julgue assim tão desprezada...

Meu padrinho afagou-lhe rindo as faces:

— E o mais é que me está uma mocetona! O tal Rio de Janeiro tem artes!...

— Mas não saímos hoje daqui? — perguntou minha mãe. — Estes matutos quando começam a falar não põem mais ponto...

— Olhem a proa da figurona — disse entre riso meu padrinho. — Como já fala em matuto! — E, voltando-se para uns ganhadores que lhe pediam a bagagem para carregar: — Pois vamos, peguem! Mas bastam dois!

Seguimos para casa, rindo, gracejando, todos como crianças. O recém-chegado dera a mão direita a mim e a esquerda ao Carlinhos, a quem elevara ao sétimo céu com a notícia de lhe haver trazido um veado do sertão.

E para mim, uma mulatinha para criada grave, a qual devia chegar no dia seguinte; para Lina, uma rede de Sorocaba; para minha mãe, uma infinidade de criação...

Meu padrinho João era irmão mais moço de meu pai, amicíssimo dele, solteirão. Cerca de um ano antes de nos mudarmos para a Corte, vendera por bom preço a fazenda que possuía perto da vila onde morávamos; deixara meu pai bem remediado com o seu emprego de engenheiro de distrito, e fora comprar fazenda para o sertão de S. Paulo, que nessa época atraía muitos lavradores mineiros. Nunca mais nos escrevera, de sorte que não nos pôde valer, como valeria com certeza, na penúria em que tínhamos caído. Quando viu a casinha onde morávamos e a pobreza do interior, entrou em indagações, com a sua rude franqueza, e, com as respostas que teve, de minha mãe principalmente, arrasaram-se-lhe os olhos de lágrimas.

— Diabo! — dizia com voz velada de comoção: — Por que não me escreveram... para toda parte do mundo... ainda que fosse pelo *Jornal*?... E eu também descuidei-me, é certo; não contava com isto!... Mas, Deus é grande! Não morreu ninguém, e posso garantir-lhes que nunca mais hão de coser blusas para o Arsenal!

Duraram-me pouco as festas da ociosidade, mas foram as mais alegres que já tive: passeios em carro ao Jardim Botânico, ou em bote, ao luar, pela baía; ricos vestidos que depois iam mostrar-se na segunda ordem do teatro lírico; logo dois dias depois da chegada de meu padrinho, a mudança para uma lindíssima chácara, em S. Francisco Xavier; finalmente, a posse de minha criada grave, Marta, mulatinha ensinada e pouco mais velha do que eu, eram tantas felicidades a atropelarem-se que mal me davam tempo e repouso para as gozar.

Mas meu padrinho precisava voltar para a fazenda, que não podia estar sem ele; tratou-se que toda a família se dispersaria deste modo, assentado depois de muita discussão: meu pai, cujos padecimentos se agravavam, partia para a Europa, levando o Carlinhos; eu entrava para o colégio das irmãs de caridade, em Botafogo; Lina casava-se com meu padrinho e levava consigo minha mãe para o sertão.

Para me determinarem a aceitar a parte que me tocava neste plano, quanta promessa, quanto mimo foi preciso! Eu ficava recomendada à família do correspondente de meu padrinho na Corte, um comissário de café, muito amável, que morava mesmo em Botafogo, a curta distância do colégio, onde também tinha duas filhas: iríamos passar todos os domingos em casa da família. Nessa casa ficaria Marta, que ainda era para mim uma recordação dos meus. Finalmente, a separação era por poucos anos, três ou quatro, que tanto se demoraria meu pai na Europa e meu padrinho no sertão: ao cabo desse prazo, nos tornaríamos a reunir todos e ficaríamos morando na Corte.

— Eu — dizia meu padrinho —, estarei, nesse tempo, com os meus quarenta e cinco, idade de desfrutar a vida ganha; conto trazer um casal de herdeiros para educar-se aqui. A Laura, com dezessete anos, perfeitamente educada, bonita como uma tentação, com o dote que lhe hei de dar, há de pôr à roda as cabecinhas de todos os peralvilhos da Rua do Ouvidor. O Carlinhos, bem enfronhado nas línguas europeias, vem com boa idade de entrar para um colégio. E o par de velhotes — concluía, referindo-se a meus pais —, se ainda não tiver dado a casca, verá toda a família feliz e arrumada.

Fez-se o casamento de Lina, muito à capucha, assistindo apenas a família de Botafogo e o Dr. Florim, a convite de meu pai.

Um mês depois, estava cada um de nós entregue ao seu destino.

O mais aborrecido era, com certeza, o meu. Depois de conhecer a sociedade, com os seus encantos, com a liberdade inteira; depois de me haver embriagado com os seus prazeres mais vivos, que desconsolo mortal era aquela vida entre paredes, os longos dias consumidos pela maior parte em rezas!

Pouco estudava, ainda que o fazia com extrema facilidade, ou por isso mesmo. Alentava-me unicamente a esperança do domingo: vinham buscar-nos logo de manhã; vinha um irmão de minhas companheiras, também estudante, chamado Otávio, a quem as irmãs chamavam Nhô-nhô. Muitas vezes íamos almoçar ao Jardim Botânico. Era raro o domingo em que não havia visitas na chácara, quase sempre colegas de Otávio; tocava-se piano, flauta, cantava-se; à tarde, às vezes, íamos ao Passeio Público, ou, a pé, até à Praia Vermelha.

Otávio era um rapazinho claro, de dezoito anos, míope, sextoanista do Colégio de Pedro II, delicado como uma menina, muito sério, muito formalista; conversava bem e muito, escolhendo as palavras e pronunciando as sílabas com um cuidado minucioso. Gostava de falar, a propósito de tudo, nos seus parentes titulares, que eram muitos, pois esta família — cujo nome devo ocultar — é das mais conhecidas no Rio de Janeiro. Depois de bacharelado em Letras, tinha de ir para S. Paulo graduar-se em Direito.

Fui, uma tarde, surpreendida com a confidência que me fez uma irmã de Otávio, de que este ardia por mim numa paixão sem limites. Nunca eu dera por semelhante chama, em quase seis meses que já então tínhamos de conhecimento. Mas deixo para depois a continuação deste assunto; agora, passo à narração de um episódio que teve mais decisiva influência em meu destino: ao entrar a Páscoa, houve confissão geral e obrigatória no colégio: confessei-me.

O cônego capelão era um vulto notável do clero fluminense: alto, descarnado, de uma distinção imponente, fez-me tremer quando me ajoelhei a seus pés; mas, quando me conheceu tão tolhida, inclinou para mim a cabeça com um ar de bondade inefável; e, paternal, insinuante, irresistível, arrancou-me, um por um, todos os segredos, até o mais escabroso, até a confissão inteira da funesta noite de Natal.

Também, como se enchera a medida da indulgência, nada mais perguntou; eu é que espontaneamente lhe disse a crueza do meu remorso, e que já não tinha esperança de felicidade na terra: por isso queria viver no isolamento e na penitência, para que Deus enfim me perdoasse.

Dizia-o com voz embargada de pranto, em toda a sinceridade de minha alma.

Mas o ministro de Deus alevantou-me o espírito com estas palavras, que nele calaram fundamente, e que eu tenho certeza de reproduzir sem perda de uma só, tanto me pareceu então que eram cópia fiel da misericórdia divina:

— Não, filha, não desesperes: toda a tua culpa é fruto fatal da inexperiência. Não te assombres com a gravidade da desgraça. Individualmente, está remida e apagada pelo teu remorso, que é sincero; socialmente, nada vale, pois dizes que ninguém mais o soube. Se confias na discrição de teu sedutor, fica tranquila, que nenhuma outra pessoa conhecerá tua vergonha: o que me disseste, foi como se a Deus somente o dissesses.

Então, cobrando ânimo, pedi-lhe que me instruísse em meus deveres; perguntei se ainda podia, em boa consciência e sem pecado, ser esposa, aceitar a mão de um homem de bem.

Respondeu-me que sim, que a desonra, no meu caso, era fato exclusivamente social: ignorado, era como se não existisse.

— Mas não tornes, filha, não tornes, que ninguém te assegura de outra vez a mesma felicidade.

Com isto, voltou-me a alegria, e com ela rejuvenesceu a faceirice de meus primeiros anos. Ainda mal!

A irmã de Otávio, que incessantemente me falava dele, dissera-me que, no dia em que concluísse o curso do Colégio de Pedro II, ele próprio me declararia os seus sentimentos.

Chegou esse dia, e houve grande festa em Botafogo. A família, muito religiosa, mandou rezar um *Te Deum*, e acertou ser o capelão do colégio quem o rezasse; depois da solenidade, veio tomar parte no banquete, como amigo que era da casa.

Logo após o *Te Deum*, o bacharel Otávio confessou-se ao cônego.

À noite, no baile, contra todas as minhas esperanças, não dançou comigo, não fez declaração nenhuma, e assim partiu, em março, para S. Paulo, ficando o nosso belo romance apenas no prólogo — feito pela irmã.

Enfim, entro no período mais dramático de minha vida; corto, nestas confidências, o relatório enfadonho dos três anos que ainda tive como discípula das irmãs de caridade, meses e meses monótonos, sem outro acidente mais do que uma ou outra carta de Lina, de meu padrinho ou de meu pai: prometiam-me que nos primeiros dias de 1877 nos reuniríamos todos na Corte. Efetivamente, pelos fins de 1876, em um domingo que passei na chácara do correspondente de meu padrinho, mostrou-me ele uma carta em que este lhe pedia que tratasse de esvaziar a chácara de S. Francisco Xavier, até então alugada, pois viria ter o ano bom no Rio de Janeiro.

Já não voltei para o colégio. Na manhã seguinte, quando, mal acordada, lembrou-me a vida nova em que entrava, educada, livre, formosa, com todas as horas por minhas, encheu-me uma alegria infantil, ajoelhei-me no leito e repeti com ingênuo fervor as orações da manhã, que sempre recitara automaticamente.

Quem já viajou de madrugada, na província, na minha principalmente, pelos extensos chapadões forrados de verdura, donde os primeiros beijos do sol erguem tênues brancuras de nevoeiro das moitas de capim, onde a noite entesourou as pérolas do orvalho; quem, nas frias manhãs mineiras, já viu adiante e por todos os lados o horizonte vastíssimo, limitado pelas serranias que a distância azula, respirando a plenos pulmões o fino ar puríssimo, perfumado como se dormira toda a noite no seio das flores; rodeado das vivas alegrias da alvorada, ouvindo a música dos pássaros, admirando as pompas com que o céu se veste para a chegada do sol; forte, repousado, altivo, sentindo-se vigoroso e armado para todos os combates: esse compreendera o estado de espírito com que eu estava ao vestir-me para aquele dia.

Já li, em um romance, que é agouro de dia feliz sair bom o primeiro laço da gravata: para mim, é o primeiro penteado. O meu desse dia ficou admirável: até as amigas o gabaram.

Depois do almoço, vieram-me tentações de passear. Passear numa segunda-feira: era uma primeira ostentação de liberdade: quem me encontrasse já me não tomaria por uma colegial, e Deus sabe que ansiedade eu tinha de demonstrar que o já não era.

Acompanhou-me uma tia de Otávio, a D. Amélia, santa criatura, que era verdadeira criada das sobrinhas, destino das solteironas pobres, em nossa sociedade.

— Para onde? — perguntou-me ao sentar-mo-nos no bonde.

— Para o Passeio Público, por exemplo, e de lá para a cidade, se nos der na cabeça.

O mar, o magnífico mar da Guanabara, estava liso e manso como um lago; o ar, tão transparente que se podiam contar as árvores dos morros ao longe; no claro céu azul, espreguiçavam-se raras nuvens brancas. Até os passageiros do bonde se me afiguraram todos simpáticos — um velho de barba toda branca, muito asseada, dois rapazes de chapéus de palha, que conversavam em alemão, um caixeiro português que espalhava graçolas pelo caminho, e, a um canto, um sujeito barbado, de óculos, com um olho torto e exorbitante, que às vezes erguia a vista do jornal que ia lendo para falar a um companheiro calvo, que o tratava de conselheiro e excelentíssimo.

Apeamos à porta do Passeio; depois de meia dúzia de voltas e de dois minutos votados à contemplação do mar no terraço, tornei a sair, com o projeto de passear pela Rua do Ouvidor a minha liberdade irrequieta; mas tinha apenas dado meia dúzia de passos na calçada do Passeio, quando vi passar, no fundo de um carro atulhado de bagagem, meu pai e o Carlinhos. A um sinal meu, viram-me e mandaram parar; beijei a mão de meu pai, apertei a que meu irmão me estendia, e, como não podíamos ir todos no mesmo carro, eu e D. Amélia tomamos outro ali mesmo, e lá nos fomos todos para Botafogo.

Coroou-se a felicidade desse dia com os belos mimos que me trouxeram de Paris, um leque de marfim, três anéis, um álbum riquíssimo, além de muita gulodice delicada.

Infelizmente, com mais de três anos de tratamento, meu pai pouco melhorara. Contou-me, na mesma noite, o Carlinhos que jogara a maior parte do tempo, e acrescentou, com mistério, que, a banhos, em Baden-Baden, fizera saltar uma banca de roleta, retirando-se do jogo com uma fortuna colossal, que depois andara dilapidando, mas da qual parece que ainda conservava alguma parte.

Confesso — como confesso tudo — que esta notícia dissipou toda a tristeza que me causara o aspecto avelhentado de meu pai. Essa noite sonhei com palácios e milhões.

Três dias depois chegavam meu padrinho e Lina e instalávamo-nos todos na chácara de S. Francisco Xavier.

Como vieram mudados! Meu padrinho era outro homem: perdera de todo a franca jovialidade do outro tempo, não ria nunca, pouco falava. Até as suas oito arrobas tinham sido muito desfalcadas. Também Lina não era a mesma, severa, triste, muito magra, apenas respondia, e das suas raras palavras, a maior parte era para o filho, uma formosíssima criança de dois anos, Ângelo, a quem chamavam Anjinho.

Entretanto, bastava atender ao tratamento que havia em casa e ao numeroso cortejo de escravos que tinham vindo do sertão, para conhecer-se que não era a pobreza a explicação de tanta melancolia.

Todos perguntamos logo a causa da tristeza dos dois; responderam com evasivas; minha mãe, interrogada em ausência deles, abaixou os olhos turvos de lágrimas, murmurando:

— Nem imaginam que desgraça!

Por minha parte, nunca pude conhecer a verdade inteira; mas presumo que alguma grave culpa de minha irmã envenenara a felicidade do casal. De uma vez que meus pais conversavam misteriosamente a uma janela, acerquei-me sem que dessem por mim: por uns farrapos de conversa, apreendi que tratavam de Lina, e fiquei sabendo que o *terceiro* era um doutor Alves, do sertão de S. Paulo. Mais nada. Não recebíamos visitas, senão a da família de Botafogo; nem íamos a nenhuma outra casa.

Assim, ao invés da vida festejada e brilhante que esperava, tive de sofrer a monotonia de um subúrbio, numa casa em que todos os rostos eram graves, em que só se proferiam as frases necessárias.

Entretanto, era ainda eu quem alcançava mais palavras de meu padrinho. Costumava à tarde passear comigo no jardim da chácara, que descia pela colina até a rua.

— Pobre filhinha! — disse-me uma vez com a sua voz afetuosa e triste. — Isto não é vida para uma rapariga da tua idade! Que aborrecimento, não é?

Neguei, dizendo que ali estavam todas as minhas afeições, que nada mais desejava, que o meu piano, onde passava a maior parte dos dias, era-me uma distração sempre nova.

— Deves ir pensando em casar — disse-me pausadamente —; tens dezessete anos feitos, és bonita e rica, pois, além de um pouco que teu pai hoje possui, és minha afilhada. Com uma escolha acertada, é a maior felicidade, minha Laura.

E voltou disfarçadameute o rosto; mas a voz bastava para conhecer-se que tinha lágrimas nos olhos.

Meado de fevereiro, na véspera do meu dia de anos, convidou-se para o jantar do dia seguinte. O bacharel Otávio, ao despedir-se à noite, pediu permissão para trazer consigo um colega de academia:

— Luiz Marcos — disse —, nome que já terão visto assinando mais de uma poesia mimosa. Forma-se este ano; é meu companheiro de casa e um dos melhores talentos da Faculdade.

Eu já conhecia o nome de Luiz Marcos, e sabia de cor muitos versos dele, publicados em folhas de S. Paulo que o bacharel mandava à família. Conhecia-lhe também o retrato, da mesma casa. Lembra-me que, quando o vi, elogiei-lhe somente os olhos:

— E esses mesmos têm sua expressãozinha de loucura...

— E a testa? — disse-me o bacharel Otávio. — A testa é linda e asselada pelo talento.

— Qual! Tão grande assim é feia.

Mas quando, numas férias, o bacharel disse em casa que Luiz Marcos estava na roça, preso aos olhos feiticeiros de uma prima, entristeceu-me a notícia.

E na noite em que o colega pediu permissão de o trazer, sonhei sonhos deliciosos em que entrava Luiz Marcos com os seus grandes olhos meio doidos.

De manhã, ainda possuída da imagem dele, vesti-me com particular esmero, mas também com singeleza e modéstia, por saber que eram estes os encantos que mais o namoravam: um vestido branco, liso, com enfeites cor de rosa, e um colar de pérolas; o cabelo, liso na frente, e apanhado no alto da cabeça por um pentezinho de tartaruga.

Às duas horas, chegou a família de Botafogo; veio o bacharel Otávio, mas Luiz não veio.

Tal foi meu desencanto que, esquecida de toda conveniência, recebi friamente as visitas.

— Não perca inteiramente a esperança — disse-me Otávio, aproveitando uma distração dos outros —; não veio jantar, porque é muito acanhado, ou muito altivo, para vir sem ter sido especialmente convidado; mas à noite, está tratado, vou buscá-lo.

— Que tenho eu com isso? Nem o conheço, nem de tal me lembrava já... — disse, para salvar as aparências, e, talvez, para que Otávio lhe repetisse.

Entretanto, continuei a estar triste, mal jantei, e não pude ocultar o prazer com que vi o bacharel, às seis horas, sair em busca do companheiro.

Fui para o piano com as meninas de Botafogo, e, de música em música, diverti-me, até que, estando a terminar a *Serenata* de Schubert, tocaram a campainha e logo entrou o bacharel com o colega.

Perturbei-me tanto que trunquei o final da música. Otávio veio com o outro para o nosso lado.

— D. Laura, meu amigo e colega, o Dr. Luiz Marcos de Lima. Luiz, a Sra. D. Laura, filha do Sr. Dr. Moura.

O apresentado fez-me uma cortesia profunda, estendi-lhe a mão e senti a sua fria e trêmula.

No jardim, para onde logo fomos, Otávio trouxe-o para o grupo em que eu estava com as irmãs. Então, quando percebi que estava a olhar para outro lado, observei-o melhor.

Era um rapaz magro, pálido, de olhar modesto, mas firme, com um começo de bigodes negros, alto, pouco airoso, pobremente vestido, pois trazia, em vez de corrente de relógio, um simples cadarço preto.

Pouco falou, apoiando quase sempre o discurso interminável do bacharel, que dissertou sobre música, depois sobre cantores, sobre críticos e jornalistas e, finalmente, desnorteado por apartes femininos, voltou-se para o inesgotável tema do amor. Aí, sustentou a opinião vulgar, como eram todas as dele, de que verdadeiramente só uma vez se ama na vida.

— Parece-lhe? — perguntei, com intenção, a Luiz Marcos.

— Não me parece, minha senhora; antes creio que o coração que já uma vez amou tem aptidão mais desenvolvida para igual sentimento.

— Bela teoria! Isto é um rematado paradoxo! — protestou Otávio.

— Pelo menos — observei —, leva a concluir que ninguém para amar como uma namoradeira...

Acolheram com muitas risadas o meu dito, que a Otávio pareceu finíssimo; só Luiz Marcos recebeu-o muito sério:

— Perdão! A conclusão é que melhor ama quem mais ama: a namoradeira não ama nenhuma vez.

— A tua frase é que é capciosa, meu caro — acudiu Otávio. — Amar mais de uma vez não é amar mais. Uma só vez amou Romeu, e ninguém amou como ele. Lembra-te dos versos do conde de Réséguier:

L'amour qui change
N'est pas l'amour.

Luiz Marcos mal pôde disfarçar a impaciência:

— Aí vem o meu fidalgo com os seus figurões: o teu conde não tem nenhuma primazia em assuntos do coração.

— Pois tem o senhor republicano a autoridade, já invocada, de um raso plebeu, Shakespeare.

— Falas de Romeu. Argumentas mal. Primeiro: Romeu é uma exceção, e já alguém disse que só pelas exceções se modelam os grandes vultos artísticos, o que, na moderna crítica realista, me parece um erro; mas, em suma, Romeu é uma exceção. Depois, a constância dele é um puro efeito da perfeição da amante: quem encontra Julieta, não pode ter outro amor, porque é duvidoso que em uma só vida de homem apareçam duas mulheres assim. Mas se o primeiro amor, que é o mais cego, emprega-se em objeto indigno, não seria uma crueldade que esterilizasse para sempre o coração?

— Enfim — replicou Otávio —, tu falas com experiência própria.

Luiz Marcos, a quem o calor da discussão fundira o desajeitado acanhamento e transfigurara a fisionomia, imprimindo-lhe o nobre cunho do talento, doeu-se da covardia do adversário, que, em falta de réplica, resvalava numa pessoalidade indiscreta:

— Deixa em paz a minha pessoa, que não é o assunto.

Desconversei, perguntando-lhe se tinha irmãos. Respondeu-me com tanta amargura que era enjeitado, que me arrependi de lhe haver acordado tal ideia.

Mas então a prima? Tive logo a explicação nas palavras que em seguida me disse, com uma confiança que me comoveu e que talvez mereci pela grande compaixão que certamente me viu no rosto:

— Mas se me falta uma família pelo sangue, tenho-a pelo coração: fui recebido e criado por um fazendeiro do Rio, viúvo sem filhos, que me estimou como pai: os seus colaterais são hoje a minha família, herdada dele.

— E mais não herdou porque não quis — acrescentou o bacharel, que nos ouvia: — Luiz renunciou uma avultada herança em favor dos colaterais do testador...

— Quem te perguntou por isso? — atalhou Luiz Marcos. — Cumpri um dever vulgar, e tenho sido mais que recompensado pela amizade de uma família inteira. Para mim, que sou, que talvez hei de ser sempre só, basta e sobra o meu trabalho. Dos mesmos que me desampararam herdei sempre um pouco: algumas virtudes que eram deles e pelas quais, ainda sem os conhecer, os tenho amado. A herança é de lei dos homens: despojaram-me dela; mas sempre me ficou algum proveito da hereditariedade, que é lei da natureza.

— Lei divina, podes dizer — corrigiu Otávio.

— A tua fórmula é discutível: prefiro a minha. — E, como recobrando-se de um esquecimento que envergonhasse: — Mas estamos a conversar como estudantes, enfastiando as senhoras. Peço mil perdões.

Embalde protestei que muito me interessava o assunto: evitou falar mais de si, e a conversa, removida da afetuosa intimidade em que fora enterreirada, caiu nas futilidades cediças em que o bacharel primava.

Luiz Marcos recolheu-se de novo à discrição, mas já tinha dito bastante para deixar-me impressões que nunca mais se esvaeceram.

Não foi sem intenção que evoquei lembranças risonhas antes de escrever as páginas infelizes que teve logo depois o romance de minha vida.

Luiz Marcos, em começo de março, veio de novo à chácara, em companhia de Otávio, despedir-se de nós: ia a S. Paulo concluir o curso.

Sem dúvida para que eu ouvisse, conversando com meu padrinho, disse que, formado, viria advogar na Província do Rio, em lugar próximo à Corte.

Na despedida, quando já com o chapéu na mão ganhava a porta, disse-lhe meu padrinho:

— Não se esqueça de nós, e quando voltar procure esta casa; olhe que deixa aqui muitas saudades.

Luiz Marcos agradeceu com um sorriso muito desequilibrado e saiu.

Deixou-me uma saudade imensa aquele rapaz desengraçado que eu vira duas vezes somente. Se eu dissesse que o amava por seu elevado espírito, dizia uma falsidade: amava-o só e unicamente por ter conhecido que era dele amada. Conhecido como? Nenhuma mulher o perguntaria.

Deixem-me dizer muito rapidamente as desgraças que depois vieram e foram causa de vir Luiz Marcos, no fim do mesmo ano, encontrar-me em posição tão mudada.

Meu padrinho tornava-se de dia para dia mais triste, e assim foi até que não saiu mais do seu quarto, que não era o mesmo de Lina, e afinal não se levantou mais da cama.

Eu estava muitas horas com ele, pois era a única pessoa com quem ainda conversava. Uma noite, estávamos sós, tomou-me a mão e disse-me com a sua voz pausada e triste a que a doença dava um relevo solene:

— Poucos dias me restam, Laura...

— Não diga isso, pelo amor de Deus! — atalhei com as lágrimas a brotarem-me dos olhos.

— Escuta, e não te entristeças. Diz o meu médico que morro do coração: é isso mesmo: aí fui mortalmente ferido. Está feito o meu testamento, que fica na minha secretária, com as apólices a que ultimamente reduzi quase tudo que possuo. São mais de cem, e ainda tenho esta chácara, meia dúzia de escravos, que ficam libertos, e umas letras do Banco do Brasil. O Ângelo está bem aquinhoado com a sua legítima, e, se a mãe tiver juízo, com o que lhe cabe, ficará muito bem. Deixo-te, pois, a minha terça, o suficiente para viveres sem necessidades e poderes casar segundo o teu coração. O Sr Luiz Marcos parece-me um bom noivo: estimaria que viesse a ser teu marido... Mas não chores; isto é apenas uma conversa para que fiques sabendo... posso ainda viver muito... quem sabe?...

Na manhã seguinte, estava morto, e de tarde enterrado.

Ainda nem se nos aliviara a imensa dor de o havermos perdido, quando Lina desapareceu com o filho: soubemos no outro dia que fugira para a Europa com um corretor inglês, que já tratara de negócios de meu padrinho. As apólices, todos os títulos de valor, e com eles o testamento de meu padrinho, tinham desaparecido da secretária; chácara e escravos, deixou-os vendidos a um negociante, que não tardou vir tomar posse de tudo.

Meu pai alugou casa na cidade nova, para onde nos mudamos, levando apenas Marta. Foi quanto me restou da generosidade de meu padrinho.

Marta engomava e cosia maravilhosamente. Com o trabalho dela, auxiliado pelo meu e de minha mãe, e com o rendimento do que meu pai possuía, entramos a viver, sem os fartos gozos a que já infelizmente estávamos habituados, mas, ainda assim, muito melhor do que nos tempos da casinha em S. Cristóvão e das costuras para o Arsenal.

As minhas amiga de Botafogo ainda me visitaram algumas vezes a espaços mais e mais dilatados, e no apuro de urbanidade com que me tratavam bem via eu quanto a antiga afeição ia desfalecendo.

Tinha desandado para nós a roda da fortuna. Meu pai, mal ergueu-se do abatimento em que o prostrara a perda do irmão e a pública vergonha da filha, entrou a passar noites inteiras ao jogo, onde acabou de perder a saúde e os haveres. Por fim, já o fruto de nosso trabalho ia sendo devorado pelo vício maldito. Ultimamente, uma manhã em que meu pai não voltara ainda à casa, vieram trazer à minha mãe uma carta dele. Dizia-lhe que perdera muito ao jogo e que não tivera outro recurso senão dar em penhor do pagamento a minha escrava Marta; pedia que entregássemos ao portador, pois disso dependia a salvação de sua honra: se Marta não fosse, não o tornaríamos a ver vivo.

Foi Marta e não voltou. Já era noite quando chegou meu pai. Pouco sobrara do preço de Marta. O mísero jurou com lágrimas que nunca mais jogaria; abraçou-me chorando e fazendo-me chorar com a amargura com que me pedia perdão. Quando serenou a tormenta, ficou resolvido que nos mudaríamos para uma casa de menor aluguel, na mesma rua, e iríamos viver do nosso trabalho mais assíduo e ainda mais economizado.

Assim foi. Meu pai, que nos prometera auxílio, nada conseguiu fazer e ficou sendo desde então um inválido que nós sustentávamos. Valeu-nos, porém, o Carlinhos, que, empregado em uma casa inglesa, começava a ganhar.

Tal era a nossa situação quando tornei a ver Luiz Marcos, que chegara de S. Paulo, completo o curso de Direito.

Soubera, naturalmente por Otávio, toda a história de nossa desventura: teve a generosidade de vir logo testemunhar-nos, com a sua visita igualmente respeitosa, que não nos estimava menos por isso.

Agradou-me a mesma reserva com que me tratou esse dia: compreendi que, ao ver-me tão desprotegida e pobre, receava que em mais abertas demonstrações de afeto eu pudesse enxergar a ousadia do conquistador acoroçoado pela fraqueza que encontrava. Também eu, creio que pelo natural orgulho da pobreza, mostrei-me menos afetuosa com ele.

Quando encetei a árdua tarefa de escrever minha história, assentei firmemente que havia de revelar toda a verdade: por isso consigno que minha mãe não teve o mesmo escrúpulo melindroso: viu logo no Dr. Luiz Marcos um genro com futuro, um salvatério para a família, e tratou de o atrair sem grandes rodeios. Perguntou-lhe, com intenção mais clara do que as palavras, se não pensava em casar.

— Sem dúvida — respondeu Luiz Marcos —, logo que tenha meios de sustentar família, e — acrescentou sorrindo — se achar quem me queira...

— A dificuldade é escolher— tornou minha mãe. — E não há de ter muito que esperar...

— Engana-se a senhora — replicou ele —; conto com as dificuldades que não faltam a quem começa carreira, desconhecido como eu, sem proteção de família...

— Qual! Com o seu talento, não faltarão casamentos ricos.

— Com isso é que menos conto! — atalhou rapidamente Luiz Marcos. — Assim, lhe disse logo que, se tiver a fortuna de encontrar noiva, só hei de casar quando os meus recursos permitam...

Daí, nem sei como, tão confusa eu estava, passou-se a falar a meu respeito, e minha mãe, continuando no seu plano, declarou que todas as suas vistas eram casar-me com um moço pobre que soubesse ganhar a vida: tinha medo das fortunas herdadas.

Não podia ser mais direta a insinuação. Vi que íntima e nobre alegria iluminou as feições a Luiz Marcos.

Disse depois que ia ver a família do fazendeiro que o criara; tencionava abrir escritório de advocacia na vila onde ela morava, a um dia de viagem da Corte, aonde viria frequentes vezes.

— Imagino — observou minha mãe, sem sair de seu terreno —, que alegria terá sua prima... aquela de quem o Dr. Otávio nos falou...

— Ah! Casou há três meses — respondeu singelamente Luiz Marcos.

Despediu-se às nove horas, oferecendo-lhe minha mãe a casa, e convidando-o a vir nos ver sempre. Ao apertar-me a mão, respondeu ao meu olhar afetuoso com o seu olhar cheio de lealdade, solene como um juramento.

No dia seguinte o bacharel Otávio apareceu-nos em casa. Por iniciativa de minha mãe, logo a conversa encaminhou-se para Luiz Marcos.

— Foi hoje mesmo para a roça?

— Nada! Não! Está lá em casa...

Aproximou a cadeira da de minha mãe, e com modos de grande mistério, inclinando-se, perguntou se Luiz não lhe parecia um bom casamento, e, concordando ela, entrou a exaltar as qualidades do amigo.

— É certo que não tem ascendentes conhecidos, e isto não deixa de repugnar às famílias como a nossa, que se prezam do mais puro sangue e das mais nobres alianças; mas entendo que também se deve ceder alguma coisa ao espírito do século, quando este se inspira no sentimento cristão da igualdade humana, e ainda, no nosso caso, temos que atender à superioridade da inteligência, que em Luiz é notabilíssima...

Posto que o bacharel estivesse como sempre a repisar frases batidas, nunca achei que falasse tão bem: apoiava-o com toda a simpatia de minha alma. Mas, reconhecendo a nossa adesão e como estimulado por ela, continuava sem pausa:

— Minha mãe é a mais recalcitrante por ser a mais zelosa das tradições de família; mas a amizade que tenho a Luiz o há de amparar junto dela, e estou certo de que no futuro só terão que me agradecer...

— Então... — atalhou minha mãe um tanto desnorteada.

— Ele nunca lhes deu a entender nada a respeito de minha família?

— Ah! Não cessa de lhes fazer elogios; estima-os muito.

— Mas... de Eugênia, especialmente, nada lhes confiou?... Também, é natural que tenha guardado reserva, discreto como é...

Eugênia era a irmã mais velha de Otávio. Imagino que aflita surpresa eu havia de estar mostrando nos olhos com que o fitava; minha mãe bebia-lhe as palavras com ansiedade.

— Não... não sei de nada. Que há então?

Otávio tratou de dar à revelação toda a naturalidade:

— É ideia minha muito antiga, desde que conheci de perto Luiz Marcos. Eugênia, que nunca me contrariou um desejo, mostrou-se favorável. Como disse, minha mãe, por muito respeitáveis considerações de família, é quem ainda põe alguma dúvida; mas creio que já posso, sem inconveniência, ainda que muito em segredo de amizade, comunicar-lhes o casamento de Eugênia com Luiz.

Com que aperto do coração ouvia eu aquelas palavras que me feriam de morte as esperanças mais queridas! Minha mãe nem achava o que dizer:

— Ah!... Pois estimo saber... parece um bom moço.

— Com o seu pergaminho, o que minha irmã leva de dote lhe aplainará o começo da carreira, que é o mais escabroso, e com a proteção de minha família não terá aspiração que não seja bem sucedida.

— Sem dúvida — murmurava minha mãe com voz que o desânimo enfraquecia.

— Note — prosseguia o inexorável palrador —, que a primeira origem deste meu projeto foi a ponderação do próprio interesse de Luiz. Imagine que, entregue a si mesmo, tinha que travar, logo aos primeiros passos, a luta horrível da pobreza, e ainda que vencesse, porque o talento é grande força, teria, antes, que consumir anos e anos dos mais preciosos e só muito tarde chegaria ao ponto de onde já pode começar.

Senti com isto invadir-me o coração uma onda de sentimento generoso: sim! Otávio tinha razão: o meu amor era para Luiz um grande obstáculo ao seu destino glorioso: era amarrá-lo à pobreza, às lutas obscuras, ao trabalho para o pão de cada dia. Sem mim, abria-se-lhe imenso o futuro, podia subir a toda altura o seu nobre talento; viveria feliz, admirado, entre esplendores, e eu de longe, talvez esquecida por ele, acompanharia, se não morresse de dor, a sua vida radiante, obra também de minha renúncia, e na escuridão do abandono me alegraria nas festas da consciência e nas glórias da abnegação!

Conheci que ia chorar: levantei-me e saí da sala.

Quando minha mãe veio ter comigo, no meu quarto, depois que saiu Otávio, encontrou-me ainda com o seio entumescido de soluços e os olhos cheios de lágrimas. Acercou-se de mim com desusada meiguice, tomou-me a cabeça entre as mãos, murmurando:

— Pois já o amavas tanto assim?

Como às crianças amimadas, aquele carinho deu-me livre curso à mágoa: chorei então desafogadamente.

— Não te desconsoles — tornou minha mãe —; pode bem ser que volte.

Voltou. Aquela noite e o outro dia todo passei absorvida em muda tristeza; as esperanças com que o futuro me seduzia, agora que estavam perdidas, tinham todo o encanto da felicidade impossível. À tarde, junto a uma janela da sala, com a face unida às rótulas, fiquei a olhar vagamente quem transitava pela calçada; tão alheada estava da realidade que, ao ver passar por diante de mim o vulto de Luiz Marcos, estremeci como se me surgira aos olhos uma aparição fantástica: a presença dele naquele momento surpreendia-me como se fora uma das imagens de minha meditação que, de improviso, tomasse corpo e vida. Mas o vulto passou além, de sorte que, duvidando de meus olhos, entreabri as rótulas para certificar-me do que tinha visto: Luiz Marcos estava, realmente, parado na calçada, alguns passos adiante de casa. Viu, com certeza, o movimento da janela, pois logo voltou em direção à nossa porta. Quando bateu palmas, já eu, abraçada a minha mãe e rindo como uma tonta, anunciava-lhe a visita.

— Agora vê como o recebes!... Não apareças já!... — disse-me ela à pressa, e foi abrir a sala.

Pela fresta de uma porta que comunicava os aposentos interiores com a sala da frente, fiquei à espreita, retendo a respiração e receando que de lá me ouvissem as pulsações do coração agitado.

Luiz entrou com o seu modo mais enleado e vacilante; ao cumprimentar minha mãe, o fez com tanto desazo que deixou cair o chapéu. A cadeira em que veio sentar-se ficava a dois passos do meu esconderijo: sentia o tremor que o corpo dele imprimia às tábuas do soalho.

— Não contava com o prazer de vê-lo tão cedo — disse logo minha mãe: — Pensava que tivesse seguido ontem para a roça.

— Sim, era essa a minha intenção... mas circunstâncias poderosas e imprevistas a vieram alterar...

Moveu-se na cadeira visivelmente incomodado.

— Desculpe-me — tornou minha mãe com a sua voz mais bondosa —, mas parece-me realmente que se dá com o senhor alguma coisa extraordinária... está agitado... sente-se mal?...

— Nada!... Não, minha senhora... Mas há de parecer-lhe talvez tão intempestivo, tão precipitado o que lhe tenho de dizer, que na verdade vejo-me embaraçado... É certo que nestas circunstâncias, outro mais... desembaraçado do que eu, talvez não se visse menos... embaraçado...

Minha mãe riu-se com um riso de ironia muito dela:

— Ora essa! Já sei: vem falar-me do seu casamento: mas é uma coisa tão simples, e, demais, não é para mim novidade...

— Sim? — atalhou Luiz Marcos em tom mais animado, mas desfeito em um sorriso que devia ser deploravelmente amarelo. — Pois julguei que a surpreendesse...

— Enganou-se: ontem mesmo o seu amigo Dr. Otávio, seu futuro cunhado — acrescentou com amável inclinação da cabeça —, deu-nos aqui a notícia, em segredo de amizade; mas vejo que não há tal segredo, pois já o senhor também nos honra com a sua participação. Pois dou-lhe os meus parabéns, por mim e pelos meus. É em tudo um ótimo casamento: D. Eugênia...

Luiz Marcos dava vivas mostras de surpresa, vi que mais de uma vez quis interromper minha mãe; mas esta falava com tanto afluência de palavras que não lhe deu tempo.

— Mas perdão! — conseguiu dizer afinal. — Estamos em equívoco! Não compreendo a que vem aqui o nome da Sra. D. Eugênia...

— A que vem?! Pois não é com quem casa?!

— Senhora D. Francisca — respondeu Luiz muito sério e com voz já firme e clara —, eu vinha aqui pedir-lhe em casamento a senhora sua filha: pode a senhora recusar-me a mão dela, mais há de permitir-me que me retire se julga oportuno gracejar neste assunto.

E levantou-se como para sair.

A comoção que me causou tão inesperada frase não foi menos intensa para minha mãe.

— Oh! Pelo amor de Deus! — exclamou, tomando a mão de Luiz Marcos. — Creia que recebo o seu pedido com o mais profundo prazer e com toda a atenção que o Sr. Doutor nos merece. Mas preciso então dizer-lhe o que havia.

E referiu a Luiz Marcos toda a conversa de Otávio na véspera.

— É um enredozinho bem infame! — disse ele com a voz trêmula de cólera. — E ontem mesmo gabava-se a mim de haver merecido demonstrações de afeto de D. Laura...

— E acreditou?

— Tanto que a vim hoje pedir em casamento. Mas compreendo que a senhora deve querer ficar a sós com sua filha e seu marido, a quem lhe peço que apresente o meu pedido. Amanhã virei saber de minha... sentença — concluiu, com um sorriso constrangido.

— Ande lá, Sr. Doutor — exclamou minha mãe com franca jovialidade —; grande coisa há de ser a sentença quando o juiz é a parte mais... interessada, para não dizer apaixonada.

No outro dia estava contratado o meu casamento para daí a três meses.

AS CONFIDÊNCIAS DO MORTO

PRIMEIRA CARTA

A *desconhecida* deixou de o ser para mim: há muito que, através do seu nome romântico, leio-lhe o nome verdadeiro como se o visse escrito com todas as letras. O digno rapaz a quem chamou Luiz Marcos foi um dos meus mais queridos e dos mais velhos amigos: conheci-o na meninice, acompanhei-o na academia, fui quase dia por dia o confidente do mal aventurado amor que o levou à desonra e à morte.

Não é *Laura* que escreve as cartas que se têm publicado: deve ser alguém — um homem — que conhece toda a sua vida e que a domina como déspota. Digo que deve ser um homem, porque não é de pena feminina aquele estilo embebido de realidade; o mais que digo vê-se pela desapiedada nudez em que se revelam os fatos vergonhosos dessa vida de mulher.

Há mais de uma inexatidão no que Laura mandou escrever: as minhas cartas irão oportunamente restabelecendo a verdade.

Não esperava usar nunca das confidências que ouvi a *Luiz Marcos*; pensava que com a discrição dos mais interessados no silêncio ir-se-ia pouco e pouco delindo da memória das testemunhas, com o lento, mas irresistível roçar dos anos, o caso miserando; mas a imprudência de Laura põe-me na obrigação de defender o nome que ela ainda se não fartou de aviltar.

Pois sim! Exume-se o escândalo inteiro: não é a memória do meu amigo que mais há de sofrer com isso.

Mal sabias, mísero! Que longa repercussão tem o tiro do suicídio: é talvez esta inadvertência a falha da tua nobre teoria da honra conjugal.

Possa eu ter toda a calma que esta retificação exige!

Luiz Marcos, para o seu poderoso talento, ficou pouco conhecido em S. Paulo. A maior parte dos contemporâneos lembrar-se-ão dele como de um rapaz inteligente, estudioso, muito pouco comunicativo, sempre metido em casa com os livros e dois ou três amigos.

Ainda na convivência doméstica, nem a todos os companheiros revelou-se o que verdadeiramente era: a alguns pareceu esquisito, a muitos orgulhoso. Era, realmente, altivo, da boa altivez que é a estima de si próprio, e muito cioso das intimidades de sua alma.

De seu espírito basta que se conheça o que interessa aos acontecimentos que hoje se trazem a público: deste particular dará ideia completa a recordação de uma palestra da nossa república de estudantes, já no último ano do curso e num dos últimos dias dele.

Estavam, além de Luiz e de mim, o rapazinho a quem nas cartas de Laura se chamou Otávio e que ali ficou sofrivelmente desenhado, e mais o nosso querido C., o amigo de sempre, o companheiro inseparável. C. é paulista, hoje advogado e fazendeiro, depois de haver passado pela academia como por um lugar de boa prosa e de rapazes alegres; sem se ter utilizado — valha-o Deus! — da mínima dose da jurisprudência que ali se distribui. Também, não foi lá atrás disso, e se porventura — o que eu não afirmo — leu Ramalho ou Lobão, seria de alguma vez em que lhe faltou o sono, e já no dia seguinte, com certeza, não se lembrava da extravagância. Rico, se a carta de bacharel tomava lugar em seu futuro, apenas era para lhe fornecer um título sonoro antes do nome, com que as moças de sua terra e os burgueses de sua cidade o cumprimentassem na volta. Como sucede muito, o sério e estudioso Luiz simpatizava imensamente com este desabusado vadio; e era cômico ver como C. apregoava as virtudes acadêmicas de Luiz, pronto sempre a sustentá-las com o seu pulso, um dos mais respeitados daquela geração.

Estávamos, pois, os quatro. Luiz passeava pela sala, com as mãos enfiadas nos bolsos do *robe-de-chambre*; eu e Otávio fumávamos sentados; C., em roupa branca, como andava sempre por casa, estirado numa rede, ensaiava-se para dormir.

Eu estava entusiasmado pelo *Processo Clémenceau*, que lera na véspera, elogiava-o sem restrições.

— Bem escrito, sem dúvida — dizia Octávio —, basta ser de Dumas Filho; mas, também como tudo dele, um tanto imoral...

— Imoral! Imoral por quê? Depois, não é essa a questão, nem o ponto de vista da crítica; é uma obra perfeitamente delineada e escrita; a observação é fiel, é realista; o desfecho é o mais razoável...

— Ah! Muito! — acudiu Luiz Marcos. — Um artista, o que quer dizer, um espírito mais ou menos falseado pelo excesso de imaginação, encontra em um baile equívoco uma menina ainda mais equívoca, que adormece numa antecâmara e que tem por mãe uma estrangeira sem marido e com um título de nobreza, que vive não se sabe como e que não se sabe bem donde veio. Esboça o retrato da menina adormecida e apaixona-se por ela. Um dia menina e mãe partem para o estrangeiro, donde o artista recebe da amiguinha as cartas mais estranhamente graciosas ou sentimentais; um outro dia — ou uma outra noite — a menina, já moça, entra-lhe pela oficina adentro com um véu pela cabeça, para ser dele. Clémenceau toma por esposa a filha do acaso, a borboleta mimosa que uma vez lhe pousou no ombro; esta mulher, assim escolhida, assim aceita, adúltera; Clémenceau mata-a. Muito bonito! Casou por fantasia e puniu com a morte a fantasia da outra. Uma rapariga bonita, sem família e sem costumes, atira-se-lhe aos braços, ele a faz sua mulher, e depois mata-a... por quê? Porque não é mais do que uma rapariga sem família e sem costumes; mata-a, por que ela enganou-o? Não: porque ele enganou-se. Bonita moral, muito bonita!

— Menos do que a tua crítica, em todo caso — repliquei. — Por que negas a Clémenceau o direito de querer ser marido respeitado? Porque foi generoso demais? Porque se compadeceu de uma criança que confiava à guarda de seu amor a honra que sua própria mãe lhe ameaçava? Que culpa foi a dele? Ter-se enganado?

— Exatamente — respondeu Luiz, com toda a seriedade.

— Mas há culpa nisto, culpa tamanha que inocente a quem engana e esmague o enganado?

— Há culpa em enganar-se em fato capital na vida, em expor-se a uma desgraça a que a sociedade tem aliado indissoluvelmente a desonra. Tem razão nisto a sociedade? Entendo que só em parte, mas não é esta a questão: o fato, a positiva realidade, é que o marido da adúltera está socialmente desonrado; desde então, o adultério da mulher é, na vida real, um fato que o homem que é marido deve prever e evitar como uma infâmia que o desonrará mais do que a prevaricação, a calúnia, ou o estelionato. E se o não previu, se o não evitou, é, com certeza, culpado.

— Para ser verdadeira a conclusão tão absoluta, é preciso demonstrar que é sempre possível prever e evitar a catástrofe.

— Tão possível, pelo menos, como prever e evitar os crimes do código.

— Valha-nos Deus! Entendamo-nos: eu ponho fora de controvérsia os maridos... *condescendentes*: estes ficam sempre abaixo de toda discussão de casos morais. Suponhamos um homem honesto, iludido por todas as aparências, casado em uma família de boa reputação, com uma mulher que tenha o talento tão comum de fingir, um homem dotado, além disto, de pouca penetração ou de excessiva boa-fé, o que é possível e até frequente em pessoas honradas. Pois este homem, ultrajado no que a honra tem de mais melindroso, a fidelidade conjugal, não tem o direito de matar a culpada?

— Não — retorquiu Luiz Marcos: — Tem o dever de matar-se. Se no seu mal há menos culpa que desgraça, se parece haver iniquidade na solução que sustento, é o resultado de tal ou qual injustiça que se pode censurar no conceito público desonroso para o marido da adúltera; mas, dado este fato, que é positivo, que resta ao infeliz em cuja vida caiu a desonra como mancha indelével? Viver manchado ou suprimir a vida. Matar a adúltera, nem seria eficaz, porque não poderia aniquilar com a culpada a recordação da culpa que o atingiu, que lhe acompanhará o nome como a sombra ao corpo; nem seria inteiramente justo, porque em tal infortúnio o marido é sempre mais ou menos culpado. Quanta advertência, quanto preservativo, quanta regra de simples intuição, para evitar-se o mal! A primeira e essencial condição é a escolha da mulher: desde que está conhecido, fora de toda dúvida, que a hereditariedade moral é uma das mais inflexíveis leis fisiológicas, não é tão difícil a escolha: se a observação pode iludir-se acerca dos atos de um indivíduo, tem noventa e nove probabilidades de acerto contra uma de erro quanto aos atos de uma família, observáveis através de várias individualidades, em tempos, em lugares, em múltiplas circunstâncias diversas: ora, conhecida a família, está substancialmente conhecida a mulher, com a necessidade lógica da relação da causa para o efeito, dos fatores para o produto. Escolhida a mulher pela família, resta ainda a educação da mulher pelo marido. Esta é de uma profunda eficácia: a própria integridade de caráter do marido é um maravilhoso preservativo contra as ofensas possíveis: custa mais do que vulgarmente se imagina a resistir à influência da honra: há elevações morais a que não chega a infâmia, como há alturas a que não sobem as infecções. Lembram-me aqui umas palavras profundas de Edgar Quinet: "Ser iludido — é quase sempre indício de situação falsa. Com um pouco mais de integridade, o engodado evitava o engodo. Um homem íntegro em sua causa tem mil secretas advertências. Certo estado de sanidade moral, de veracidade nativa, revela da parte de outrem a fraude, como há substâncias que revelam com o contato o veneno que outras encerram." Para o marido, como critério de observação, e para sua mulher como influência moral, a honestidade dele é um elemento poderoso, imprescindível. Depois, este elevado problema social, se não míngua de importância, míngua de dificuldade para quem elimina dos fatos da vida humana estas duas panaceias da fraqueza e da ignorância — o sobrenatural e o acaso. Não: nada acontece que não devesse acontecer. Nossa vida inteira compõe-se de meros efeitos em que podemos influir, que podemos conseguir ou remover. Por isso, não há nela fato algum de que não sejamos responsáveis — por ação ou por omissão. Não há Providência nem Fatalidade, ou, antes, só há uma Providência — a previdência humana — contra uma única fatalidade — a da lógica dos fatos.

Seguiu-se às palavras de Luiz Marcos prolongado silêncio; eu, já meio convertido às suas ideias, tentava ainda enterrar decentemente as minhas e excogitava alguma derradeira objeção; Otávio fora de uma vez conquistado para a teoria do *Mata-te*! Pela felicidade oratória de Luiz, que fechara o discurso com uma fórmula sonora e eloquente.

Veio a réplica donde menos se esperava: da cama onde todos julgávamos C. adormecido.

— A solução é cômoda para as esposas folgazonas — observou ele: — Publica e vê se plantas na sociedade a tua bela maluquice, que serás abençoado por todas as consortes pressurosas de se verem soltas do freio conjugal. E então os malandros que gostam de caçar em terra alheia?! Até aqui, corriam o risco de que os revocassem à sã moral com uma sólida bengala, ou com uma redonda bala nos miolos; se, porém, pega a tua moda, que regalo! — apenas Arthur entrar, com pé adúltero, o domicílio conjugal, o severo marido, não podendo engolir a maroteira, protestará com toda a energia, retirando-se discretamente para o outro mundo. Cidadão Luiz, sempre me pareceu que eras um refinado sonso, mas nunca pensei que levasses o jesuitismo ao excesso de forjar doutrinas subversivas, que só podem verter em proveito dos que cobiçam a mulher do próximo.

— Cidadão palhaço — tornou-lhe Luiz no mesmo tom enfático em que C. recitara a sua última frase —, recolhe a tua facécia, e, se és incapaz de discutir seriamente, remete-te ao sono, em que conhecemos a tua competência e nos curvamos à tua superioridade.

Mas eu é que exultava: ali estava, decididamente, o ponto fraco da opinião de Luiz — a impunidade, não já da adúltera, mas do seu sócio.

— Atende, Luiz — observei: — Debaixo do gracejo de C. surge uma objeção séria: o infame que leva a desonra à casa alheia, que muitas vezes corrompe um bom coração que tem o único defeito de ser fraco, ou um pobre espírito ignorante, ou abusa de um desgraçado temperamento, por assim dizer, predestinado, ou, com mais exatidão, predisponente para o adultério, que também pode ser uma fatalidade fisiológica; o sedutor, que eu sei que tu abominas, que punição encontra no teu sistema moral?

Luiz Marcos não hesitou:

— O que esta nova face da questão revela é que o problema é mais complicado do que à primeira vista o imaginaste: para mim, não é surpresa este novo aspecto. A solução, que dei ao caso do adultério, se é a única que tenho como verdadeira e completa para o marido fulminado pela catástrofe, por outro lado, restringe-se unicamente à pessoa do marido: o que se refere a todos os outros mais ou menos implicados no fato moral pertence à sociedade. Então, por que não enxergaste tudo que se oferece neste ponto de vista? Por que não me arguis a impunidade, também, da família que educou mal a adúltera que teve família? Para estas outras culpas, todas menores, continuo a afirmar que a do marido da infame, há a sanção da opinião pública: quando este elemento social for bastante poderoso, isto é, quando a sociedade for bastante moralizada, a lei jurídica refletirá a consciência pública, e o sócio da adúltera, cujo marido se houver suicidado, será, para os efeitos criminais, autor de homicídio, e a família da mulher será cúmplice e também passível de pena, segundo a gravidade de sua coparticipação no crime...

— Por aí — atalhei —, vais dar com alguns passos mais, na jurisprudência criminal das Ordenações do livro quinto!

— Pois se te causa tanto horror que o Direito intervenha em tais fatos, tanto melhor: contentas-te com a mera sanção moral: a reprovação pública há de cair como um estigma formidável no sedutor e na família que mal educou a seduzida: o marido da adúltera, eliminando-se, deixará os outros culpados inteiramente descobertos e expostos à condenação da sociedade.

Otávio, parece que não se resignava ao segundo plano em que o papel de sectário de Luiz o colocava: invejoso talvez da discussão que levantara o remoque de C., tanto revolveu o assunto que afinal achou entrada para dizer alguma coisa. Voltou a sua cadeira para o lado de Luiz Marcos e interpelou-o com importância:

— E que me diz o nobre pensador do caso do marido que perdoa a mulher adúltera — *porque ninguém mais sabe da coisa*, e para que esta se não divulgue com o escândalo da vingança?

— Digo — respondeu Luiz —, que tiveste uma tola ideia: agora, felizmente, para te responder, tenho comigo a opinião geral: quando marido chega a *saber da coisa*, como dizes, ninguém mais a ignora. Assim, a tua hipótese é absurda.

O bacharel não era homem que resistisse a uma opinião que tinha alta superioridade de ser a de todos: deu a mão à palmatória.

Bem ou mal, pois sou um mero cronista da vida de Luiz Marcos, e não tenho agora a pretensão de deslindar o complicado ponto de moral social, porque a sua ideia fosse a verdadeira, ou porque a não soubéssemos combater, o certo é que Luiz teve os louros da controvérsia.

Hão de ver que, em todo caso, estava convencido do que dizia: dois anos depois, mísero amigo! Encontrou vivo e real, na cadeia de seus dias, o problema doloroso; e, assim como na discussão entre rapazes, não lhe faltou nem um momento a réplica, assim, na trágica realidade, nem um instante vacilou na ação.

SEGUNDA CARTA

Passava as minhas férias de academia na mesma vila onde morava Luiz com a família adotiva, e onde, como disse, o conheci desde menino.

O meu amigo morreu ignorando o segredo do seu nascimento e por isso nunca pôde alcançar a verdadeira significação de alguns fatos que se prendiam àquele mistério. A história é interessante e longa: bem pode ser que ainda algum dia me resolva a escrevê-la; por hoje, e para não complicar a minha exposição, basta dizer que a família a que Luiz, enjeitado, apenas julgava pertencer por adoção e caridade, era sua pelo sangue, e a herança do homem que o criou, renunciada por ele em favor dos colaterais, não era mais do que uma restituição, e desfalcada, da herança de seu próprio pai.

Fora este um homem inteligente e enérgico, enriquecido a poder de muito trabalho, sacrificado afinal em um mau casamento: os parentes da mulher, às ocultas desta, o mandaram assassinar em uma viagem perigosa; a viúva, grávida do filho que foi Luiz, ficou em companhia da família em cujas mãos paravam todos os haveres do marido; nem lhe valeu de consolação o filho, porque expirou poucos dias depois de o haver dado ao mundo. Assim, para iludir qualquer futura reivindicação, passou desconhecido o nascimento de Luiz; apareceu depois como enjeitado em casa dos que o puseram órfão e pobre.

Com a morte de Luiz, relaxou-se um pouco a discrição com que era guardado este segredo, de modo que quando o vim a saber, já era tarde para que a revelação lhe aproveitasse.

O protetor de Luiz, tio e padrinho do órfão, compensou escassamente, com auxílios menos eficazes do que o deviam ser, o irreparável dano que, com outros, lhe dera; afinal, estando a morrer solteiro e sem filhos, e no terror que já lhe infundia a aproximação do juízo divino, tentara lavar-se da culpa, instituindo Luiz seu universal herdeiro: frustrou-lhe o plano a magnanimidade do moço, que não consentiu no que se lhe afigurava preterição de alheios direitos.

Entre os colaterais que lucraram com a renúncia de Luiz, havia uma órfã, Luiza, a quem ele, pelo costume desde a infância, chamava prima, e que realmente o era. Em vida do protetor do rapaz, quando este andava no colégio e Luiza saíra da escola com doze anos e uma formosura de anjo, houve ideia, na família, de os casar, ideia fomentada pelo padrinho de Luiz, que já manifestava, o propósito de o contemplar em testamento.

Luiza, por inspiração dos seus, fazia bons olhos ao companheiro de infância, e este não era insensível às graças da prima. Com os anos, que trouxeram novos atrativos à menina, com a convivência em família durante as férias do estudante, cresceu a mútua afeição: quando lhe morreu o padrinho, Luiz amava seriamente a noiva destinada.

Era Luiza uma boa menina sensível, pouca vaidosa, a despeito dos elogios que a cada passo ouvia à sua rara beleza, mas de acanhada inteligência e nenhuma energia. Gostava de Luiz, decorava os versos que o namorado lhe fazia, e enquanto a família aprovava aquela afeição, nenhum capricho de criança a desviou do primeiro amor; mas não era naquela pobre alminha fútil que se podia arraigar o amor profundo, forte e vivaz que resiste à desgraça e à luta.

Já Luiz era estudante adiantado no curso, quando teve em S. Paulo a notícia da morte do padrinho e do testamento que o deixava rico; na carta em que respondeu à família do morto, no correio imediato, mandou a procuração em que repudiava a herança.

Nas férias seguintes, que era quando tencionava ajustar o casamento com Luiza, encontrou-a prometida pela família a outro primo, que, exatamente por efeito da generosidade do rival, ficara bem aquinhoado na herança.

Luiza, dominada pelos parentes, passou de um noivo a outro com a mais ingênua naturalidade, monstruoso segredo do coração feminino.

Teve Luiz a felicidade de compreender a que alma vulgar votara o seu futuro; e, para completa convalescença da dor de tamanho desengano, veio a tempo a apresentar a Laura, cujo nome e formosura já conhecia pelas confidências de Otávio.

Em viagem para a vila onde passávamos as férias, referiu-me Luiz o seu primeiro encontro com Laura, numa chácara em S. Francisco Xavier, encantado paraíso donde aquela alma entusiasta veio alucinada de amor. Quando mais particularmente indicou uma pessoa de quem se pusera tão namorado, perguntei-lhe, de improviso, sem medir bem o alcance do que ia dizendo:

— Será aquela mesma de quem nos falava o Otávio?

— A mesma, sim, mas que diferente! Que anjo, que o bruto não compreendeu!

— Sim, porque me lembra que terminou a informação declarando que não era moça com quem um rapaz honesto casasse...

Luiz empalideceu.

— Estou certo que é injustiça ou uma tolice de Otávio. Se a visses, não tinhas vontade de repetir o dito!

E, apaixonado pela só recordação, dizia-me que era uma criatura angélica, de uma candura inefável.

— Não creio — dizia-me —, que seja amor isto que eu sinto por ela, que todos devem sentir: é a irresistível simpatia que se tem por uma alma feita de melancolia e de meiguice, pois é a um tempo afetuosa e triste, como quem tenha sofrido muito e se compadeça dos que sofrem. O que se sente ao vê-la é uma imensa vontade de lhe ser bom, de a consolar com muito amor, de lhe apagar com beijos de amizade aquela tristeza da fronte... E a fala?... Fala como uma criança que é na alma: tem a voz fina e gorjeada de uma menina de oito anos. Quando se alegra, por um rápido instante, que luz risonha nos olhos! Olha, digo-te muito sério, ter-me-ia por desgraçado se fosse indiferente àquela criança. Bem vejo que ainda não é capaz de amar, nem sabe o que isso é; mas peço a Deus, com favor supremo, que ela não se esqueça inteiramente de mim, que haja sempre uma recordação minha a acompanhá-la por toda parte, como sombra amiga, como reflexo simpático; quisera entrar para sempre no seu destino, pertencer-lhe, e que ela o soubesse...

— E ainda dizes que não é amor, isso! Resigna-te à vulgaridade, meu caro; estás apaixonado, como outro qualquer, por uma menina como qualquer outra. Nestes assuntos, os poetas, como tu, são, com toda a sua superioridade, uns grandes idiotas; levam a bordar fantasias e colorir quimeras, para afinal chegarem à simples realidade por onde já começamos nós outros, os chatos burgueses. Ora escuta, deixa-te de pieguices e procede como rapaz sensato. Gostaste de Laura, está muito bem; vê agora se pode vir a ser tua mulher, e quando; ou a pede em casamento, ou cuida de outra coisa, que não seja andares rezando aos teus amigos estas ladainhas poéticas. Isto para ti é ridículo, e para os outros é maçador.

Este conciso discurso realista produziu o melhor efeito, o que eu calculava; revoquei o meu amigo ao terra-a-terra do senso comum.

— Pois sim — tornou já em outro tom, calmo e chão —; gostei de Laura, e estou muito inclinado a casar com ela. Quando? Depois de formado, naturalmente, e não logo depois. Mas aqui está o embaraço: hei de tratar já o casamento, com tanta antecedência? Se não me declarar, se a não pedir, esperar-me-á ? Não se esquecerá de mim? Vês que isto não é fantasia nem bordado.

— Não; vejo que isto é precipitação, apenas. Dás o casamento como coisa assentada, a incerteza é só do tempo. Lembra-te de ti mesmo, Luiz, das tuas ideias, do teu caráter, homem! Conheces Laura de a teres visto uma vez, e já está decidido que há de ser tua mulher. Quem é afinal? Que família tem? Que passado teve?

— Valha-me Deus! Não me esqueci de nada disso; mas vou jurar-te que Laura é, na alma, como eu te disse, uma criança de oito anos, isto é, um caráter que o marido há de formar. Se a conhecesses, não duvidavas: vê-se-lhe isso no olhar, no riso, na fala, em tudo! É uma criança. Da família, pouco sei, é certo, mas sei que tem sido protegida e educada pelo tio, que me dizem ser um completo homem de bem. Mas descansa, não me comprometo sem conhecer bem a família.

Ficamos aí, dessa vez.

Luiz Marcos formou-se em Direito um ano depois que eu. Acompanhei-o à Corte, nos primeiros dias de março, quando teve de voltar a S. Paulo.

Na véspera da partida, foi, com Otávio, à casa da irmã de Laura, e à noite, no hotel do Morro de Santa Teresa, onde dormíamos, tornou a falar-me dos enlevos do seu cativeiro, jurando que era um amor para toda a vida.

— Tu mesmo disseste um dia — ponderei —, que se escolho a mulher pela família, é certo que o disseste em conversa de estudantes, chegada a realidade, a tua vez de pôr em ação o preceito, parece que o inverteste, escolhendo a família pela mulher, ou o desprezaste de todo, namorando-te da mulher e deixando o mais à boa vontade da sorte...

Contestou-me, com convicção, que nada fiara do acaso: só duas vezes vira a escolhida de sua alma e tinha certeza de que a conhecia tão bem como se a tivesse acompanhado desde a infância; era uma franca e singela natureza, que o primeiro olhar mostrava inteira. A família em que nascera não podia deixar de ser boa e virtuosa, porque de maus não se geram anjos. E, fossem o que fossem os outros, ela era a candura, a meiguice, a inocência, era-o, sem dúvida possível, ainda que os pais fossem os mais detestáveis perversos, ainda que todas as regras falhassem!

E vá alguém raciocinar com um namorado! Na madrugada seguinte, ao abraçarmo-nos na estação da estrada de ferro, pediu-me, comovido, que lhe mandasse notícias de Laura toda vez que viesse à Corte.

De S. Paulo fez-me o mesmo pedido em cada carta, durante três meses. Em junho, escrevia-lhe eu, da nossa vila:

"Vim ontem da Corte; grandes notícias! Lina, a irmã do anjo, mal enterrou o marido, foi aliviar o luto para bordo de um paquete da linha da Europa, nos braços de um corretor inglês. Fugiu levando, além do filho, todos os valores do casal e mais o testamento do defunto, em que o anjo era contemplado!

Até a chácara de S. Francisco Xavier foi convertida em espécie mais portátil: na mesma tarde da evasão, veio novo dono ocupá-la, dando vinte e quatro horas para a mudança ao casal de pais e respectivo anjo.

Sabe-se que o corretor tinha preparado a aventura com longa antecedência; já em vida de Menelau, havia sua maroteira muito regular.

E não era a primeira vez que a virtude de Lina claudicava: dizem os conhecidos que a gentil criança que viste com ela podia atribuir-se a dois ou três outros pais além daquele *que as justas núpcias demonstravam*.

Creio que não te há de convir inteiramente esta cunhada."

Respondeu-me Luiz muito queixoso do que chamara leviandade cruel da minha carta; devia ter-me compadecido de Laura, inocente na desgraça que a oprimia, devia ter-lhe respeitado a infelicidade. Esquecido de si, do seu interesse pessoal, que eu visava, procurando desgostá-lo de um tão mal agourado casamento, não podia o generoso rapaz compreender-me.

Levei em paciência o mau êxito da minha boa intenção; esperei do futuro melhores razões que afastassem o meu amigo daquele rumo insensato. Não me falhou de todo a esperança: pouco tempo depois, escrevia a Luiz:

"Em mau ninho foi aninhar-se a tua fantasia, dize tu, se quiseres, o teu amor.

O pai dela, o engenheiro dos castelos no ar, é, além de um refinado vadio, um refinadíssimo patife. Jogou o que tinha, e continuou a jogar. Depois que esgotou a generosidade dos conhecidos, acabou de arruinar a família, comendo-lhe ao jogo o único auxílio que restava — uma rapariga que o falecido padrinho dera à menina e que, com engomados e costuras, ia aguentando a casa. Foi vendida para pagar as perdas do velho salafrário, que hoje vive às costas da mulher e dos filhos.

Serve-te o sogro?"

Não foi mais feliz que da primeira vez a rudeza do meu processo: Luiz rodeara o sonho amado de tão delicadas prevenções, que não havia embate da realidade que lhe tocasse. Retorquiu-me que amava ainda mais a sua Laura no infortúnio; que tinha outras informações além da minhas: lera em cartas das irmãs de Otávio que a sua pobre querida vivia a trabalhar sem descanso para o sustento da família. Que homem o julgava eu então para insinuar-lhe que a abandonasse agora?

Não há cegueira como a generosidade: é a cegueira do que não quer ver. E infelizmente as mulheres o sabem!

Enfim, refletia eu, a posição atual de Laura há de dá-la a conhecer: se naufraga, o meu amigo está salvo; e se se conserva honesta, apesar da imoralidade da família, apesar da extrema pobreza, tão amarga para quem já provou as doçuras da fortuna, bem pode ser um caso raro de virtude onde não se deverá esperar, e então o casamento com um homem como Luiz é, além de um justo prêmio, o melhor modo de a fazer perseverar no bem.

Correto e são raciocínio, se não se devesse contar com a dissimulação feminina.

Uma noite, em agosto ou setembro, estava eu no teatro Pedro II, onde uma companhia lírica cantava os *Huguenotes*. Era nas primeiras récitas da estação; havia enchente, os camarotes estavam deslumbrantes de bustos femininos; a música, a luz, o vasto murmúrio da multidão, as irradiações da formosura e do luxo compunham o ambiente especial das grandes salas de teatro, ambiente magnético, que entontece e exalta. No primeiro intervalo. Um amigo que se sentava a meu lado, depois de correr o binóculo pelos camarotes da direita, pôs-me a mão no ombro, dizendo-me a meia voz:

— Lá está a minha vizinha que tanto te interessa; bem eu te dizia que provavelmente vinha. — E indicou-me o número de um camarote da primeira ordem, um que tinha na frente duas moças de vestidos claros; era a de vestido cor de pérola.

Ficava perto das nossas cadeiras; via-se bem a olhos nus. Olhei longamente, com tão mal disfarçada insistência que chegou a ser notada do camarote: a outra moça inclinou-se de leve para a que eu observava e segredou-lhe o que quer que fosse; a de vestido cor de pérola deitou o olhar para as cadeiras da orquestra e de lá o veio volvendo, como ao acaso, até que o fixou em mim, e então reconhecendo o meu companheiro, meneou quase imperceptivelmente a cabeça, esboçando um sorriso.

Via-se-lhe o busto, de linhas suavíssimas, esbelto, de pescoço alto e nu de qualquer adorno, rosto oval, de um moreno pálido, com vagos tons de âmbar, o mento bem pronunciado, a boca largamente fendida, o nariz fino, um nadinha arqueado na ponta, os olhos grandes, negros, úmidos, com sobrancelhas desenhadas como arcos de parênteses, a testa curta, a cabeça pequena, e em todo o semblante o aspecto liso e macio da pelica e o ar voluptuoso e melífluo que me lembro de ter visto pintado num perfil de cigana.

Tal era a amada de Luiz Marcos, pois era Laura a moça de vestido cor de pérola. Ao primeiro olhar não era formosa, mas obrigava a olhar-se outra vez; e quando a vista acostumava-se àquelas feições de uma doçura exagerada, encantava-se com a frescura infantil do seu sorriso e a ingênua meiguice de seus olhos.

— Mas dizem-me que é tão pobre que vive de coser; o camarote não é dela, com certeza — observei baixinho ao meu companheiro.

Respondeu-me, em voz igualmente discreta, que Laura vinha em companhia de uma amiga, conhecida desde o colégio das irmãs de caridade, e que era a amiga que lhe ficava ao lado, filha de um negociante da Rua de S. Pedro, que lá estava ao fundo do camarote, de pé, atrás da cadeira da mulher, uma perua muito estufada.

Saímos para o vestíbulo; o meu amigo continuou a dar-me informações. Não era bem certo que Laura fosse tão dedicada à agulha como eu dizia; passava as tardes à janela, quando não saía a passeio; aos domingos jantava sempre fora, indo às vezes com a mãe e as mais das vezes sem ela, com a amiga da Rua de S. Pedro, que a ia buscar. Quanto ao mais, nenhum pecado capital, que ele soubesse; apenas, um namoro inocente com um seu companheiro de casa, grande pianista e maior pândego. Como moravam defronte, e depois do jantar até a noite não se estudava...

Fomos interrompidos pelo sinal de que ia começar o segundo ato.

Pareceu-me que estava em bom caminho: aceitei o convite do meu amigo para ir dormir com ele à cidade nova, e o oferecimento de apresentar-me, no outro dia, à família de Laura. O rapaz, estudante de Medicina, não conhecia Luiz Marcos, e eu tive o cuidado de lhe não revelar a causa do interesse que tomava pela sua vizinha: falara-lhe dela como de uma rapariga de quem tinha notícias tão encantadoras que me davam vontade de a conhecer.

Na manhã seguinte, da janela dos estudantes, vi Laura descer de um carro, despedindo-se da amiga da véspera, que a trouxe até ali, mas não apeou com ela.

O estudante que namorava Laura não esperou muitas provocações para contar-me toda a aventura. Já desde alguns meses era vizinho da moça e não lhe dava grande atenção; mas de certas informações esparsas de colegas, que conheciam a família, e do barbeiro da esquina, que conhecia toda gente, de combinação com umas confidências que lhe fizeram um seu primo, oficial de cavalaria, filho de Pelotas como ele, ao cabo de laboriosas investigações, chegara à convicção de que a vizinha era uma criatura sensível com quem não se perdia o tempo. Não tardou que a experiência própria lhe dissipasse as últimas incertezas: havia menos de três semanas que abrira a campanha amorosa e já estava no ponto de serem as suas cartas aceitas, ainda que não respondidas, o que era questão de tempo, ou de justos escrúpulos... ortográficos.

— Mas então — aventurei-me a perguntar sem grande receio de ser indiscreto com um tal leviano —, o seu primo e patrício conheceu-a de perto?

O rapaz revestiu-se de uns ares comicamente cerimoniosos para inquirir se eu era parente ou amigo da pessoa, e, ao saber que não, expandiu-se-lhe a fisionomia, e, aproximando-se de mim, com voz baixa, muito acentuada, e piscando brejeiramente o olho, respondeu-me:

— De perto... bem de perto! — E, como se precisasse ser mais explícito e não quisesse deixar-me dúvida: — Mas salvemos sempre as intenções alheias: foi com promessa de casamento.

Mas não seria malignidade e mentira do estudante? Não podia ser uma perversa gabolice do outro que lhe contara o caso? Seria, ou não seria: mas Luiz Marcos havia de o saber!

Assentei logo que nada lhe escreveria de tal revelação, pois de viva voz podia muito melhor persuadi-lo; e pouco faltava para que nos víssemos. Não! Não se havia de fazer semelhante casamento; mais fácil me era ver morto o meu amigo!

Mas Luiz chegou, no fim do ano, ao Rio de Janeiro, sem que eu o soubesse logo: uma noite, inesperadamente, apeou-me à porta, na vila onde eu morava. A primeira coisa que me disse, depois do abraço da chegada, é que casava daí a três meses.

— Com a Laura?

— Está bem visto.

— Pois não casas!

Sorriu-se amigavelmente, e, pondo-me a mão no ombro:

— E hás de ser minha testemunha...

— Não! Não casas — repeti, muito sério.

— Ora essa! E dizes isso com uma gravidade...

— Porque digo deveras!

— Deveras?! Pois fica sabendo que é coisa decidida, tratada, com a minha palavra.

— Não é o que me prometeste; lembra-te bem que trataste comigo não decidir nada sem nos entendermos.

— Mas, meu caro, precipitaram-se as coisas... eu mesmo não contava empenhar-me tão depressa... Foi o traste do Otávio...

E referiu-me o enredo do bacharel que dera aquele resultado. Quando Luiz voltara de visitar, apenas chegado de S. Paulo, a família mineira, sondado pelo falso amigo, dissera-lhe todo o seu desígnio: que havia de casar com Laura, mas precisava esperar dias mais fáceis e entretanto ir assegurando com o trabalho a independência.

O bacharel pusera em dúvida a paciência e firmeza de Laura para a indefinida espera; ponderou que neste assunto, as mulheres não compreendem senão as situações claríssimas: ou são noivas, ou não são nada; não se tem por obrigadas enquanto não está marcado o tempo, o dia do casamento, e, enquanto não se julgam noivas, acham-se em plena liberdade de continuar na eterna porfia das solteiras — a caça de marido. Não se enganasse o seu amigo com imaginárias delicadezas de coração; o mais bem recebido delas é o que veem que pode casar primeiro. Afinal, com Laura havia uma felicidade para o pretendente: a situação da família não era para acender em muitos a aspiração matrimonial; mas, por outro lado, sempre devia lembrar que os encantos daquela menina tão formosa e tão pobre não deixariam de atrair adoradores, pois também a pobreza dela punha sua mão de esposa ao alcance de maior número; era preciso contar com estas vulgaridades, que são as melhores, as verdadeiras considerações na vulgaríssima realidade das coisas. Depois, atendesse ainda, a mãe de Laura, chefe atual da família, não podia aceitar aquela situação: precisava casar a filha, e não tinha para isso longo termo, porque mocidade e beleza são flores de poucos anos; o Sr. Dr. Luiz Marcos, com todo o seu futuro e as suas muitas qualidades pessoais, não ficava sendo, no fim de contas, senão um empata-vazas, que não atava nem desatava. E, apesar de sua honestidade, tinha o coração muito moço, e a velha mãe de família bem sabia que para os corações moços o voo é fácil...

— Achei, e não acha — perguntou-me Luiz Marcos —, que o bacharel era uma vez sensato? O certo é que me pôs desassossegado; tinha de partir para cá, para a roça, no outro dia, mas assentei em deixar a situação mais consolidada, e, para explorar o terreno, pedi a Otávio que, com toda a discrição, me fosse reconhecer que ideias nutria, neste assunto, a mãe da moça.

Combináramos em vir o bacharel encontrar-se no Passeio Público, antes da noite; às cinco horas já eu lá o esperava, ardendo em impaciência. Para encher tempo, sentei-me a uma das mesinhas do *chalet* e pedi cerveja e a *Gazeta* do dia; entre o jornal e o refresco matei, a *fogo lento*, uma hora. Nada de Otávio. Todos os que alguma vez esperaram por alguém sabem que prestigiosa importância adquire, só por isso, o indivíduo que se espera: tem-se sofreguidão de ouvir o seu passo conhecido, pensa-se no seu chapéu habitual, que antes interessava tanto como um chapéu qualquer, com a evocadora insistência com que o amante rememora as graças da amada ausente; eu mesmo, parece-me que mais queria ver então aparecer a cara de gato de Otávio do que a peregrina face de Laura. Mas nada; a banda dos alemães, que tocava ali essa tarde, espiritualizava o crepúsculo com a sua música suave que parecia andar sonhando pelo ar; as mesas enchiam-se; começavam a acender-se os lampiões; à minha direita, umas moças bebiam groselha, e uma morena, magrinha, de olhos cintilantes, acompanhava, com requebros de cabeça, o compasso da valsa alemã que cantava entre a folhagem. De improviso, da extrema oposta, junto ao caramanchão da música, para onde eu olhava distraído, voou uma garrafa e foi partir-se nas costas de um caixeiro que fugia para o botequim; formou-se logo daquele lado um grupo espesso de gente, do meio do qual uma voz rouca praguejava. A valsa alemã continuava com uma impassibilidade divina; um instante depois, à minha esquerda, a poucos passos, pela rua que leva à saída, passava, adiante de um guarda urbano, um estrangeiro ébrio, jogando para a direita e para a esquerda como um barco entre as ondas; numa das guinadas, foi por cima de um rapaz que vinha em direção contrária, mas este o repeliu com o braço e o cabo do chapéu de sol, e aproximou-se espanando com o lenço a manga da sobrecasaca. Era enfim Otávio. Chamei-o com um *scio* discreto, e pedi outra garrafa de cerveja a um criado que passava.

— Viste ? — disse-me o bacharel ainda agitado. — É um demônio de bêbado quase partiu-me um braço... e o meu *authomaton* de dezoito mil réis, comprado ontem!

— Então?... — perguntei-lhe com a voz e com o olhar.

As mesas mais próximas tinham-se desocupado: podiam conversar à vontade. Otávio bebeu dois goles, descansou o copo e encarou em mim, sem me poupar nada da importância que lhe dava a situação. Disse-me que não se enganara, que a família mineira, logo que ele insinuara a ideia do meu casamento, quis saber que elementos de futuro eu possuía, se esperava alguma boa nomeação, se a advocacia em B. era rendosa. Para mais completo estudo, o meu amigo empregara artifícios, como sugerir a possibilidade de eu procurar aliança em família rica, e logo, sem transição, declarar que ele, pela sua parte, estava firmemente resolvido a casar dentro em pouco, a *entrar para o rol dos homens sérios*, só esperava, para isso, a ventura de reconhecer que tinha inspirado uma afeição sincera... E acrescentou que, ao dizê-lo, sobrescritava a frase a Laura com os olhos cheios de súplica.

— E ela?... — indaguei ansioso.

Ela lhe assegurara que não havia de esperar muito, e — que eu lhe perdoasse — corara, enleara-se, como se recebera para si a declaração.

— E a mãe?... — inquiri ainda.

Essa também mostrara-se boa pessoa, e lhe dera de conselho que não procurasse noiva fora de sua conhecidas de infância.

— Já vês tu — conclui Otávio —, que, se não queres chegar tarde, ou ver outro chegar primeiro, precisas definir-te!

— Convenci-me disso — acrescentou Luiz Marcos —, e no outro dia, à tarde, voltei à casinha da cidade nova. Tive um acolhimento glacial de D. Chiquinha, a mãe de Laura; esta nem me apareceu. Quando, para esclarecer a situação que eu não compreendia, aventurei-me a falar em meus projetos de casamento, fui felicitado como noivo de uma irmã de Otávio! O biltre forjara essa falsidade... com que fim? Evidentemente, para trancar-me o coração de Laura, e, talvez, fazer-se aceito dela, no primeiro impulso do agastamento...

— E tu então... — atalhei com impaciência...

— Eu então desmascarei o canalha, e, para de uma vez inutilizar-lhe o enredo, declarei os meus sentimentos, pedi a mão de Laura...

— Caindo como um cego no laço grosseiro que te armou o bacharel. Não queria ele outra coisa.

— Por quê?... Para quê?... Não me dirás?

— Digo-te: porque comprometendo-te com outra, desenganavas a irmã dele, a Eugênia, que te ama, ou amava, fica sabendo. E para quê? Para que esta possa aceitar um casamento rico, em que o irmão está empenhado!

Luiz Marcos esteve calado algum tempo, absorto ou refletindo, e concluiu como a falar consigo mesmo:

— Deve ser; nunca vi o Otávio tão interessado por mim... Mas em suma — acrescentou com resolução —, o que está feito está feito, nem tenho de que arrepender-me: um integrante teceu-me um enredo, envolveu-me nele as mais delicadas fibras do coração, mas o desenlace há de ser a minha felicidade!

— Será?... — perguntei com decidida crueldade, abrindo ensejo para as revelações gravíssimas que lhe tinha de fazer.

Luiz encarou consternado em mim, que não desviei o olhar com que o esperava.

— Tu sabes alguma coisa contra a honestidade de minha noiva? — perguntou-me com uma tranquilidade solene.

Que demônio de situação, a minha! Porque, afinal, o pior que eu sabia, o que estava determinado a dizer-lhe, era o caso do oficial rio-grandense, referido pelo estudante estroina; mas era honesto abalar, destruir, decerto, a confiança em que se fundava um destino, repetindo o que podia ser uma calúnia, ou, por menos, uma exageração mentirosa? Faleceu-me o ânimo para um golpe decisivo, e tudo que isso não fosse, tinha de ser inútil. Disse-lhe que não, que contra a noiva, pessoalmente, nada sabia, de um modo bastante seguro para crer-se, mas que a família era, como ele não ignorava, indigna de sua aliança.

— Mas a indignidade da família — atalhou o apaixonado rapaz —, é só uma infelicidade para Laura; já vês que, para mim, é uma razão mais para decidir-me a ampará-la.

— Não, desculpa-me, tu que o sabes melhor do que eu, uma ruim família não é só uma infelicidade que merece proteção, é também, numa donzela, um destino psicológico, de que um rapaz solteiro deve afastar-se prudentemente, para que lhe não caia na cabeça o ramo da árvore suspeita...

— Aí me voltas com este batido e rebatido conselho — tornou-me com impaciência. — Mas que ruim família é a de Laura? O pai, é certo, é um jogador e um perdulário sem brio; a irmã mais velha é também, concordo, uma vil criatura, mas que pode ser assim por causa do pai, unicamente; não desconheces que a mãe é uma respeitável senhora, que sustenta a casa com o seu trabalho honrado, há muitos anos; Laura não alcançou, como Lina, o mau tempo da família — o tempo da dissipação e do luxo; cresceu e criou-se na modéstia do trabalho e da economia, sem nunca separar-se, como a outra, da vigilância materna. Por que não há de ser digna de casar com um homem honesto? E não será isto exatamente o que lhe há de corrigir algum erro da educação?

— Seja como quiseres — cortei eu —, com a condição de vires cear, que deves trazer um belo apetite, com as tuas seis horas de viagem.

Tarde, depois da meia-noite, quando em leitos fronteiros já esperávamos o sono, apagada a vela, Luiz Marcos disse, espreguiçando-se nos lençóis:

— Então a Eugênia amava-me!... Nunca dei por isso... Aquela, com certeza, leva a felicidade ao marido...

— Que ainda podes ser tu — atirei eu ao acaso.

— Não, agora não! — respondeu sem enfado. — É tarde... agora foi-se...

E, posto que falasse com jovial negligência, teve na voz a sombra fugitiva de um lamento, talvez de um remorso.

TERCEIRA CARTA

Começou para o meu amigo um tempo amargo, amargo a despeito das felicidades com que o carinho da noiva o adoçava. O prazo ajustado para o casamento fora antes marcado pela impaciência do amante, ou por um constrangido respeito das conveniências sociais, do que pela exata apreciação das circunstâncias: esgotou-se rapidamente para Luiz, em repetidas viagens à Corte, a que o chamavam, com vários pretextos, as cartas sentimentais da moça.

Já no mês para que estava marcado o casamento, umas três semanas antes do dia escolhido, lá foi Luiz, convidado a assistir "ao enlace matrimonial" — frase da carta de convite — da amiga de Laura, a filha do negociante da Rua de S. Pedro, com um rapaz do comércio, guarda-livros de uma casa inglesa. Na casa da cidade nova, Luiz tinha sido apresentado, uma tarde, à burguesinha, que logo se lhe afeiçoara muito e desde essa mesma tarde lhe fizera o convite, depois confirmado em carta pelo pai.

Não havia festa, casavam muito à capucha, por causa de um falecimento, ainda recente, na família; dava-se apenas uma reuniãozinha para os íntimos. Isso punha mais a gosto o meu amigo, a quem tudo faltava para a circunstância, desde o vestuário solene até as frases de salão.

Na antevéspera, apeou de um bonde à porta da casinha de Laura. Ia saudoso dela, e já se pagava de todas as tristezas da ausência e fadigas da viagem com o imaginar o bom sorriso afetuoso e o demorado aperto de mão com que a noiva, decerto, o esperava. Nada disso: encontrou-a, na sala de jantar, acabando de enfeitar o vestido branco com que havia de ir ao casamento da amiga; recebeu-o friamente e, logo que o teve sentado ao pé de si, disse-lhe que a surpreendera.

— Não me esperava hoje? — indagou Luiz.

— Não, não esperava; e veio em mau dia: estou muito ocupada, como vê.

— Oh! Mas pode continuar, eu não a estorvo, não é assim?

A mãe de Laura, então, deitara-lhe um olhar de repreensão, que Luiz viu, e viera sentar-se junto dele, desculpando a filha, que não sabia explicar-se, que o que queria dizer era que sentia não ter por seu todo o tempo para dar ao senhor doutor toda a atenção devida.

Fraco remédio para o melindre do amor magoado. Quem unicamente o podia curar, com o bálsamo de uma boa palavra, cuidava bem disso! Calada e séria, continuava a coser o vestido.

Ao cabo de um quarto de hora, Luiz despediu-se. Laura depôs a costura e o acompanhou até à porta da rua; lá perguntou-lhe com a sua meiguice mais doce:

— Ficou mal comigo?...

— Não!... Que ideia!...

— Então, até depois de amanhã... não é?

E essa! Ainda lhe inculcava que não a fosse ver no outro dia!

Sombria estranheza causou a Luiz aquela face inesperada que tão francamente lhe mostrara a moça. É caprichosa, imaginou; ou não gostou de ser surpreendida, queria que eu lhe tivesse escrito que chegava hoje; ou acredita que precisa avivar-me o zelo com estas negaças; ou foi, acaso, uma vaidadezinha irritada, porque a vim colher em flagrante, quando ainda se aprestava para a irradiação vitoriosa...

Nada disso era, pobre amigo! Era pior.

No outro dia, ao entardecer, hora em que costumava tomar o

bonde para a cidade nova, achou-se Luiz brutalmente arrancado ao doce hábito pela implícita proibição da noiva: "Até depois de amanhã!" O seu primeiro impulso — tanto pode o costume! — foi meter-se no mesmo carro de todas as tardes e iludir, ao menos, a necessidade que sentia de ver Laura, percorrendo as ruas que levavam à sua, passando-lhe por defronte da casa. E depois, quem sabia? Talvez a moça estivesse arrependida dos momentos de mau humor em que o tratara desamoravelmente; podia ser que o recebesse agora com a mais clara alegria de seus olhos... Mas repeliu para logo a consoladora imaginação, que era uma indignidade.

E ocorreu-lhe um meio feliz de encher a noite: Eugênia casara uns quinze dias antes; ele recebera, além da participação dos noivos, uma galante carta de Otávio com a notícia e um convite para a cerimônia e o baile consecutivo; não viera na ocasião, mas ia agora visitá-los. Moravam em Botafogo. O marido de Eugênia era um negociante rico, vizinho e conhecido de Otávio; este, que lhe devia alguns contos de réis, para as ceiatas em férias, apresentou-o, num baile, à família e, desde essa noite, forjou-se o casamento. Era isso! Ia visitar os noivos.

Quando abriu a portinha de ferro do jardim que ornava a frente da nova casa de Eugênia, e fez ranger debaixo dos passos a alva areia da rua que levava à porta de entrada, que lá estava no topo da escadinha de cantaria, gradeada; quando aspirou, na cálida noite, o aroma penetrante dos jasmins do Cabo, e viu, de relance, as faixas luminosas que caíam das janelas no verde-negro das moitas, de improviso salteou-lhe o espírito plebeu a visão entontecedora do fino luxo em que brilhava a formosura de Eugênia, como um diamante entre perfumes de sândalo na maciez do veludo e do arminho; sentiu uma baixa humildade, e cortejou como a igual, num enleio provinciano, o criado que encontrou à porta.

A sala nobre em que foi introduzido era magnífica na sua simplicidade; móveis de um estilo severo e antigo, telas e bronzes, poucos, mas mestres, por toda parte cores discretas, à viva luz de um grande lustre central.

Tinham-lhe dito que o marido de Eugênia era um medíocre com o verniz da boa sociedade, apenas; e, no deslumbramento que o deprimia, evocava, para fortalecer-se, a ideia daquela inferioridade do outro; mas logo o impotente prestígio do outro venceu. Refletiu consigo que o homem que podia aninhar o seu amor naquele nobre conforto, e dar-lhe todos os deleites da vida, da vida a toda a luz, entre as cintilações das joias e a alegria das festas, e, como sombras para repouso, como banhos purificadores, os calmos prazeres da natureza, os luares à beira-mar, as prodigalidades no sol na líquida esmeralda das ondas, o marido opulento não precisava ter coração nem espírito: o seu dinheiro fazia mais do que tudo isso, que é a nossa moeda, pobres boêmios, meus amigos! Eugênia havia de ser feliz.

Eugênia entrou com o marido e apresentou os homens um ao outro.

— Saíam? — perguntou Luiz, sem refletir muito, por uma ilação burguesa, ao ver o primor com que estavam vestidos.

— Não! Não! — protestou o marido. — Ainda não precisamos disso.

E sorriu finamente para a esposa, que enrubesceu de leve.

Depois de meia hora de conversa banal, retirou-se Luiz com um pensamento vagamente esboçado no espírito: que o marido de Eugênia estimava-a apenas como o mais precioso luxo de sua casa e de sua vida; e com uma certeza: que ele, Luiz, havia de querer-lhe mais, e ela, acaso, teria sido mais feliz com os tesouros do seu coração opulento.

— Ao menos — murmurava consigo, caminhando ao encontro do bonde —, é bem certo que ela havia de ter os mesmos sorrisos para a minha pobreza!

E, comovido com esta grande justiça que lhe fazia, sentiu uma rápida constrição na garganta e um ressumo de lágrimas nos olhos.

No outro dia, foi ao casamento em casa do negociante.

O modesto propósito do burguês, de fazer a coisa sem grande estrépito nem muitos gastos, não pôde sustentar-se; de concessão em concessão, foi estendendo os convites e encheu a casa. As famílias de dois compadres, também portugueses e também do comércio, eram inevitáveis; inevitabilíssima era a família do sócio; como não excetuar igualmente o seu guarda-livros e a mulher, que meses antes o tinham levado como testemunha do casamento? E a tia do primeiro caixeiro, com as suas meninas tão superiores na polca? E as irmãs de um freguês da província que pela primeira vez vinha à Corte? E a amiga da menina, da cidade nova, com a competente mãe e o respectivo noivo?

Por isso, quando Luiz apeou de um tílburi à porta do sobrado da Rua de S. Pedro, às oito horas da noite, o guarda-livros da casa, que recebia à porta os convidados, introduziu-o para a sala já repleta.

O meu amigo, para furtar-se à extorsão que na capital se dissimula na figura festiva, de gravata branca, de um boleeiro de *coupé* para casamento, deixou de acompanhar a boda à igreja e foi somente ao baile, discretamente, no seu tílburi a cinco tostões.

Quando se viu livre das gordas amabilidades do dono da casa, que o apresentou a toda a sociedade, e da filha, muito desembaraçada, que o provocou a dirigir-lhe todas as frases do estilo, foi ter, conduzido por ela, a uma antessala onde Laura conversava, grave que nem uma velha mãe de família, com a mulher do sócio da casa; descobrira, essa noite, que ela era uma de suas antigas condiscípulas do colégio de Botafogo — uma pessoa pálida e magra, cheirando a sacristia a vinte passos.

— O meu noivo — disse-lhe Laura, apresentando o recém-chegado.

Luiz inclinou-se respeitosamente e aceitou uma cadeira, que ela teve a bondade de lhe indicar ao lado.

— Pois o Sr. Dr. Luiz Marcos não me é desconhecido, de nome — disse logo a beata, que não perdia ensejo de provar a sua chama ortodoxa. — Como estudante de S. Paulo, teve a infelicidade, no meu humilde modo de entender, de tornar-se conhecido como inimigo da religião...

Luiz ia responder; a fervorosa católica não lhe deu tempo.

— Não, escusa negar: basta dizer-lhe que leio sempre o *Apóstolo*. Quando Laura — fomos companheiras de colégio e muito amigas, mas só hoje fiquei sabendo onde mora —, quando a minha amiga me disse o nome do moço com quem vai casar, confesso-lhe que estremeci...

— Causo-lhe tanto horror?... — perguntou sorrindo o rapaz.

— Estremeci pelo futuro dela. Casar com um inimigo da religião! Olhe, Sr. Doutor, meu marido, que foi caixeiro e depois sócio de meu pai, que Deus o tenha em sua santa guarda, era também, logo que casamos, maçom e contra os padres; mas — louvado seja Deus, e que sua misericórdia não nos desampare! — deixou-se disso, entrou no bom caminho, é hoje irmão remido de três irmandades e tesoureiro de outra. Isto é obra minha, e o Sagrado Coração de Jesus haja de o levar em conta dos meus pecados! Se a minha amiga, como creio, não se esqueceu ainda das sãs doutrinas que aprendeu das virtuosas irmãs que nos educaram, há de alcançar outro tanto, se Deus for servido...

Deus foi servido de que o dono da casa, com a sua brusca rusticidade, verdadeiramente providencial na ocasião, viesse arrancar o meu triste amigo às garras da leitora do *Apóstolo.*

— Venha, venha daí, Sr. Doutor! Há de ser o *vis-à-vis* da menina nesta quadrilha. Leve a Laurinha para par. Ora, anda lá, minha pombinha, não te arrufes, que não querias tu outra coisa.

E foi enfiando o braço dela no dele, e os foi empurrando para a sala, ao passo que dizia para a mulher do sócio, meio agastada com a interrupção:

— D. Luizinha, minha rica senhora, deixe-me as rezas para a hora de deitar... ou para a hora da morte, que ainda está mais longe! Não me ande a entristecer a mocidade com estas lengalengas de igreja... E então, que é do Soares, que sumiu-se?

O Soares era o maçom convertido, o sócio, marido da beata.

— Saiu, há de haver uma meia hora, para comprar-me um leque, e realmente já tarda...

Luiz, entretanto, de braço com a noiva, notava-lhe a tristeza, e com a mais afetuosa solicitude indagava se deveras estava impressionada com as tontices da amiga.

— Há de ser bem isso! — respondeu-lhe a moça, com um amuo desdenhoso nos lábios; e logo, para cortar dúvidas: — Por que não veio acompanhar o casamento à igreja?

Mísero amigo! Repugnava-lhe tanto mentir àquela que ia ser sua mulher, a quem ele queria mostrar-se qual era, sem mácula! Cingiu-se a não declarar a verdade toda:

— Não pude...

— Sim! Não pôde!... Esqueceu-se, ou fez pouco em ter mais tempo a minha companhia... e deixou-me ir sozinha, pior do que isso, aturando os sermões daquela minha boa amiga!

— Realmente, que penitência! — desconversou Luiz, e a seca devota serviu, sem o querer, uma vez na vida, para alguma coisa útil: foi um derivativo a explicações que iam sendo embaraçosas para o digno rapaz.

Mas a noite — se também há noites aziagas — era uma dessas para Luiz.

Acabara uma quadrilha, de par com a noiva, a amiga da sua; era avesso à dança, principalmente com dama tão vistosa, mas não teve meio de esquivar a amabilidade da burguesinha, que positivamente o requestava.

Malvina — assim chamada do nome do padrinho, antigo patrão do compadre, e, em família, Malvininha, era já um acabado produto da educação com que se criara, entre mimos babões e brutalidades viloas, na ociosidade, na ignorância e no namoro. Casava, aquele dia, com um sujeito já maduro, de que começara a gostar pelo *chic* com que tratava a bonita barba preta, e em seguida fora-se-lhe mais e mais afeiçoando aos modos cheios de desabusada bonomia; o guarda-livros era um alegre vivedor, amigo da boa mesa e das mulheres galantes; refocilava-se com uma voluptuosidade sibarita, suína, na tranquila mediocridade dos seus quinhentos mil réis mensais. Somente a Malvininha, nos momentos de devaneio e de sonho, nos passeios ao luar ou na volta do teatro lírico, achava-o prosaico: se ao sair da *Aida* era quando mais lhe apetecia o bife! E nunca lhe vira nos olhos calmos e limpos o encanto, que ela adorava, dos olhares românticos, o melancólico pasmo, ou os lampejos tenebrosos.

Decerto, o meu amigo, com a ampla fronte pálida, o bigode negro, o olhar pensativo dos tristes, satisfazia as aspirações do seu ideal — à Casimiro de Abreu.

Por isso, naquela suprema noite de sua mocidade, ao despedir-se das ilusões de solteira, das suas insaciadas fantasias, parece que as encarnava todas na formosa cabeça de Luiz, e dizia-lhes adeus com os seus grandes olhos doces, úmidos de histerismo.

— Nem que o senhor fosse o noivo! — veio para ele dizendo o negociante, que não levava muito a bem o derretimento da filha. — Olhe, meu amiguinho, vá cuidar da sua, que lá está também a noivar com outro!

E, com o seu largo desembaraço de lojista de fazendas, travou do braço do Luiz e o levou para outra sala. A um canto, ao pé de um aparador coberto de flores, Laura ouvia muito séria o que lhe murmurava, como em confidência, um rapagão que Luiz não conhecia nem vira entrar, e que era o estudante rio-grandense, pianista e pândego, vizinho da moça.

Esta, vendo vir o noivo, olhou rapidamente para o interlocutor, advertindo-o, e disse à pressa, como para acabar: — Pode ser. — Luiz, que lhe bebia os movimentos, ouviu, ou adivinhou a frase; e logo que tomou a outra cadeira que havia ao lado, e Laura apresentou ao rapaz como seu noivo e este a ele como seu vizinho e estudante de Medicina, perguntou-lhe, envolvendo num sorriso, que pretendia ser despreocupado, uma curiosidade lancinante:

— O que é então que pode ser?

Laura sorriu, com um sorriso indefinível, e respondeu sem hesitar:

— Dizia aqui ao doutor que ainda pode ser que venha a casar com a Malvininha, de quem já foi namorado.

— Bom agouro para o marido! — observou Luiz Marcos.

— Senhor, é o meu destino — acudiu o estudante, dando à voz, jocosamente, uma inflexão desconsolada. — Para apaixonar-me de uma moça, basta saber que tratou casamento.

— Mau sestro! — comentou Luiz, desabridamente.

Mas o estudante, impassível, declarou que era com ele uma desgraça antiga; tinha até um caso extravagante: no seu primeiro ano — morava no Morro do Castelo —, foi perseguido de namoro por uma vizinha, magra, magríssima chamada Ana Antonia, e, na república, *Anatômica*, por causa da magreza. Nunca ele a pudera tragar; pois, senhor, para o fim do ano foi pedida em casamento, e ei-lo, desde então, derriçado pela *Anatômica*. Era uma fatalidade!

Nisto, vieram, de braço dado, os noivos e tomaram lugar no sofá; logo depois umas moças e por último os donos da casa. Com a retirada dos convidados de cerimônia, a roda tornara-se mais expansiva, quase familiar. Ainda mal!

— Então, D. Laurinha, não tem inveja? — perguntou, para falar, a dona da casa.

— Que dúvida! — disse ela sorrindo, com um momozinho que sabia que lhe ficava bem. — Até estou emagrecendo...

Interpelaram logo Luiz:

— Mas o doutor não a deixará emagrecer muito, pois não é?

— Certamente! — respondeu Luiz, para se ver livre.

Mas insistiram:

— Então, quando?...

— Breve, o mais breve que puder ser — tornou, friamente, procurando cortar o assunto.

Então o guarda-livros indagou se pretendia morar na Corte.

— Não sei ainda.

— Sem renda muito garantida, não aconselho. É uma despesa absurda! — acrescentou com muita ponderação, estendendo as pontas das botinas de verniz, fresquinhas, que reluziam com um brilho novo, debaixo das calças pretas. — Eu que o diga! A princípio, passava com cem mil réis por mês; depois tive duzentos e trezentos... não, duzentos e cinquenta primeiro, e gastava-os do mesmo modo; hoje não faço a festa com menos de quinhentos! O que me vale é que me vão dar interesse na casa inglesa em que sou guarda-livros, ainda este ano; os patrões, quando lhes participei que ia casar, prometeram-me isso. Senão, não sei o que seria, porque a despesa agora certamente vai a crescer...

Luiz sentia-se vagamente humilhado naquela roda mercantil, onde só o dinheiro valia. Veio-lhe auxílio do estudante: era, afinal, um representante do espírito:

— Histórias, meu caro! — disse este para o guarda-livros de quem era amigo, companheiro de troças. — Estás com a vida segura, com o futuro debaixo de chave... — e com um riso amável para o negociante — ...na burra do sogro!

— Pois sim! — retorquiu este. — Ele que se fie nisso! Aí vai a mulher, e faça Deus bom tempo!

Mas acompanhou o dito com o seu riso cascalhado, de boa pessoa, significando bem claro que era um verdadeiro pai português, só e todo da família.

Luiz Marcos saiu à meia-noite, e na rua, à porta, despediu-se de Laura, que, com a mãe e o irmão, entrou num carro que os esperava. Tomou o bonde para o seu hotel, fatigado, abatido, enfastiado daquela noite burguesa.

Voltou-me Luiz da Corte com uma incurável tristeza. Era o frio, o brutal acolhimento da noiva? Era já ponta da suspeita, fina, sutil, imperceptível, mas embebida para sempre no coração do mísero? Era o gelo da realidade que lhe começava a crestar a flor das ilusões? Era, decerto, tudo isso.

E era também a doença de Laura, que a mãe da moça lhe dissera em segredo, comunicando o diagnóstico de um médico amigo da família: fraqueza nos pulmões, predisposição para tísica.

Numa carta da noiva teve a notícia confirmada por ela, nestes termos que se lhe afiguraram só extravagantes: "Fui ontem com mamãe à casa do Dr. J., muito bom médico, que me examinou com cuidado e depois perguntou se eu não tinha alguma preocupação de espírito; mamãe cometeu a imprudência de declarar que eu estava para casar e tinha muita saudade de meu noivo (que é um sujeito muito mau e muito ingrato — isto ela não disse, eu é que estou dizendo). Sabe o que o doutor disse então? Que eu precisava casar logo. Ora veja! O que é certo é que quem não pode, não inventa modas."

— Precisa casar logo — repetia Luiz —, e eu que não posso ainda!

— Pois deixa-a casar com outro — disse-lhe eu cruamente: — o que ela quer é casar.

O meu triste amigo perdera já a energia que dantes opunha à minha hostilidade; discutia agora os conselhos, as objeções, até as ironias da minha oposição.

— Escusas vir com isso, que, demais, é uma injustiça. Está deveras doente; também me disse um amigo, que o ouviu ao mesmo médico.

Em outra carta Laura escreveu-lhe que ia mudar-se, por prescrição do Dr. J., para um arrabalde da cidade; tinham ido aquela manhã alugar a casa, um chalé muito pequenino, muito triste, onde ia morrer de aborrecimento. Pedia ao noivo a obra de misericórdia de vir "visitar a enferma e encarcerada".

Luiz foi sem demora. Três dias depois, escreveu-me esta carta, que copio sem falta de uma vírgula:

"Meu amigo,

Estou casado. Este supremo ato da vida, pratiquei-o ontem, como um dever inevitável. Pude conseguir de meu rosto que fosse risonho, quando eu estava mortalmente triste.

Ao anoitecer do dia em que vim, bati à porta de um chalé azul, à meia encosta de um outeiro, em S. Francisco Xavier. Veio Laura, muito pálida, mas alvoroçada de amoroso júbilo, receber-me nos braços. Beijei-a fraternalmente, na testa, cortando-lhe a carinhosa expansão, porque as emoções fazem mal à sua doença.

A mãe, que demorou-se a aparecer, disse-me que Laura melhorava e que só a minha presença a curaria de todo; parecia um encanto: andava abatida, com fastio, indiferente a todos e a tudo, e mal eu chegava, transfigurava-se, vendia saúde. Assim, eu, que era o seu médico, fazia mal em abandoná-la.

— Pois não estou aqui?

— Até amanhã, depois vai-se e ela fica ainda pior.

Passamos as horas a conversar nisto; eu dizia as minhas esperanças mais fundadas, a ideia que já me sujeitava, de pedir uma promotoria e depois um juizado municipal; rendia pouco, mas certo, e com pouco viveríamos, num lugar de província, ricos do nosso amor e fortes para esperarmos outros tempos.

Laura concordava, satisfazendo-se com tudo, desde que estivesse comigo, falando com uma pausada discrição que me encantava.

Mas a mãe insistia: na Corte mesmo, e desde logo, eu podia viver casado; dar-me-iam trabalho em algum escritório de advocacia, e com qualquer vencimento passaríamos, ajudados com as costuras que tinham e continuariam a ter, pois havíamos de morar juntos. E, para fundamento, contava-me o caso de um rapaz, seu conhecido, sem as aptidões, simples professor particular, casado pobre com uma moça pobre, e que viviam felizes, amando-se, beijando-se, como um casal de pombos.

E os olhos de Laura, acesos num brilho inquieto e sugestivo, parecia que me estavam perguntando: 'Por que não queres?'

Quando me despedia para tomar o último trem da estrada de ferro, ouviu-se o sinal da locomotiva que partia.

— Agora fica! — disse-me Laura, e a mãe apoiou.

Recusei obstinadamente, mas à porta, até onde Laura acompanhou-me, vimos que estava uma noite horrível, cheia de vento e de aguaceiro.

Laura me tomou a mão: — Não! Há de ficar! — A mãe disse que já tinha a cama feita na alcova da sala; e o doutor, que entrou a essa hora, escorrendo de chuva, achou que era uma loucura querer sair com semelhante tempo.

Fiquei. Não podia dormir; a ideia de uma noite inteira a poucos passos de Laura, debaixo do mesmo teto, numa casinha pequena, num arrabalde que era como um canto de província, abrasava-me o cérebro, como o antegosto das alegrias conjugais.

Alta noite, abri a porta envidraçada da alcova, entrei na sala escura, abri uma janela; a meia claridade da noite, chuvosa mas de luar, alumiou o interior: no sofá, vestida como horas antes, estava Laura adormecida; a sua doce cabeça pálida destacava no damasco azul da almofada.

Tornei a fechar a janela, e voltei para a alcova, mas enganei-me na perturbação e no escuro, e com a mão direita, que tateava, rocei na almofada do sofá.

— Luiz! — murmurou, como num hálito imperceptível, a voz de minha noiva.

Recuei, tateando sempre, alcancei a porta da alcova, sentei-me no leito, tremendo todo como uma criança culpada.

Não sei que tempo durou aquele doloroso êxtase: eu estava profundamente comovido, cheio de doce piedade, como um deus que houvesse recebido um sacrifício humano; mas de sob este sentimento predominante rompia uma surda indignação contra a mãe da vítima. Parecia-me bem claro que Laura cedia ao próprio amor e às sugestões maternas; pobrezinha! Amava-me e obedecia. Mas a mãe, que infame!

Logo que a madrugada anunciou-se na claridade coada pelas réguas das venezianas e nos rumores da rua, saí para a sala; estava deserta; apenas a almofada do sofá conservava ainda, numa depressão suave, o vestígio e o perfume da cabeça de Laura.

Apareceu-me logo o Dr. Moura, com uma gravidade desusada, de *pai nobre* de dama. Intimou-me que, depois do que se havia passado, julgava desnecessário indicar-me o meu dever.

Que mais? Os aventureiros, que não tinham hesitado em sacrificar o pudor da filha para lhe assegurar o casamento, apelariam para a publicidade e para o escândalo, se eu resistisse ainda. E eu queria a desgraçada, queria-lhe mais agora que era preciso libertá-la daquela ignominiosa gente. A mão de esposo que lhe dei, estendi-a para arrancá-la de um charco!

Casei no mesmo dia, à tardinha, numa igreja do arrabalde. Esta surpresa ficou sendo, para os meus amigos, um arrojo de poeta romântico. Tu sabes se o foi, e a minha consciência também sabe: é quanto me basta.

Aí estou muito breve. Venha, valha-me agora o trabalho!

Teu,

Luiz”

88

CARTAS DE UMA DESCONHECIDA

À redação do ***Colombo***

VII

Casamos nos primeiros dias de abril. Era uma tarde deliciosa; depois dos aguaceiros da véspera, o céu lavado, de uma transparência profunda, punha sobre todas as coisas a sua clara, risonha inocência; apenas, no extremo horizonte, alvos farrapos de nuvens quebravam-lhe a monotonia azul.

Saímos do nosso chalé para a igreja, que era a poucos passos, duas ou três ruas abaixo. Se não fossem os meus atributos de noiva, grinalda e véu, podia parecer que íamos a passeio, eu ao lado de minha mãe, Luiz atrás, com meu pai e o Carlinhos.

Desde a manhã, desde a hora em que se decidira para aquele mesmo dia o casamento, achava meu noivo singularmente interessante; a noite velada por nós ambos em amorosa excitação, o improvisado desenlace com intervenção de meu pai, a minha doença, tudo, enfim, dava aos fatos um contorno de fantasia e um colorido de romance.

E ao voltarmos da igreja, eu, de braço com ele, sentia uma inefável comoção ao pensar que aquele rapaz sério e triste era meu marido. E era moço, apaixonado, cheio de talento; amava-me desde muito, desposava-me só por amor; queria-me acima de todas as coisas. Adeus! Fosse o futuro o que fosse, estava bem, aquilo era encantador.

E o passado? A funesta noite em S. Cristóvão? Ora!... Estava tão longe, ninguém o soubera... só o culpado, e esse lucrava em ser discreto... Só o confessor, e esse era um túmulo de segredos. E era como ele dizia: tais desgraças, se não são conhecidas, é como se não existissem. Que era a desonra? Um conceito público. Tudo era tê-lo a seu favor, ainda que falso. E eu o tinha: quem seria capaz de insultar-me com um olhar ou um sorriso de ironia a minha capela de flores de laranjeira?

Ia eu embebida nestes pensamentos, quando senti estremecer o braço de Luiz: passávamos nesse momento pela calçada de um rico chalé, no centro de um jardim inglês, que se via através da grade; a uma janela de frente estava, esperando-nos a passagem, Lina, minha irmã.

Como se se julgasse enganado pelo primeiro olhar, Luiz olhou de novo, tendo já de voltar de leve a cabeça; olhei também: Lina fez-nos com a mão um aceno amigável.

Meu marido pôs-se horrivelmente pálido, e logo que entramos em casa e desenlaçou o braço do meu, perguntou-me com severidade e a minha mãe, que se acercava:

— Que é isto ainda? Pois aquela mulher voltou, e as senhoras entendem-se com ela?

Minha mãe, com o seu modo conciliador, tentou apaziguá-lo: afinal era mãe, como havia de desconhecer a filha? E a coitada tinha o melhor coração; errara, decerto, não seria ela que o aprovasse, não! Nunca! Era uma desgraçada exceção na família; mas resgatava os seus erros com muitas obras de caridade; desde que voltara ao Rio, havia uns três meses, nunca mais lhes faltara nada: fora ainda ela quem alugara a casa em que estavam...

Luiz ouvia, com o semblante cada vez mais carregado; à última revelação, atalhou a frase macia em que minha mãe envolvia as nossas vergonhas domésticas:

— Não preciso saber mais. A sua estranha tolerância obriga-me a declarar-lhe que nada há comum entre minha mulher e essa criatura; aflige-me, mais do que lhe posso dizer, que tenham consentido em aceitar qualquer auxílio dela.

E, voltando-se para mim, ordenou-me com brandura, mas brandura em que transparecia inabalável firmeza, que me aprontasse para sairmos imediatamente dali. Perguntei só para onde íamos.

— Para um hotel, até que vamos para a roça.

Assim, passávamos a noite de noivado naquele mesmo hotel do Morro de Santa Tereza, de que ele, em solteiro, me falara tantas vezes, como seu pouso predileto.

Deram-nos uma saleta na frente, com alcova e duas janelas que abriam para o lado da cidade. Havia jarras com flores nos dunquerques, um largo divã voluptuoso, um bico de gás com globo fosco, que dava ao aposento uma claridade suave como luar. Era delicioso.

Meu marido, agradecendo-me talvez a humildade com que lhe obedecera e o seguira, tratava-me com afetuosa ternura, com um cuidado quase paternal.

E tinha os olhos úmidos de lágrimas quando, fechada a porta, colheu-me o primeiro beijo, que eu lhe concedi de toda a minha alma. A própria melancolia da situação dava um estranho requinte ao prazer.

No outro dia, cerca das onze horas, descemos para a cidade; mas já antes, logo pela manhã cedo, Luiz saíra, dizendo que ia no mercado comprar-me frutas; não opus que preferia que ficasse comigo ou me levasse também, porque compreendi que desejava ir só; voltou à hora do almoço, trazendo-me uma cestinha de vime com peras, maçãs e damascos, e, além disso, malas e outros aprestos de viagem.

A barca de Sant'Anna, que leva os passageiros do ferro-carril niteroiense, que era a nossa condução para B., só largava da Corte às três da tarde. Propôs-me que fôssemos fazer horas ao Jardim Botânico, e fomos.

Formoso dia! Pelas ruas, pelo cais, formigava a multidão atarefada, exuberante de atividade e de vida; a magnífica Baía de Guanabara, vasta, líquida esmeralda, entre o engaste azul dos morros, tinha cintilações diamantinas aos vivos beijos alegres do sol; até na voz dos pregoeiros da rua havia uma tonalidade festiva. Entrávamos, com o outono, no casamento, outono de nosso amor; e toda a natureza, o céu, a terra, a multidão humana, parecia que estavam cheios, para nós, de abençoadas promessas. Qual o tão desgraçado que já uma vez, ao menos, não visse, não sentisse a boa vontade universal das coisas?

Luiz, entretanto, ia triste. Na praia de Botafogo, poucos passos da casa de Otávio, ao passarmos por uma joia de arquitetura que da rua se avistava entre as plantas do jardim à frente, vi-o cumprimentar, empalidecendo ainda mais na palidez do rosto, uma linda moça, que estava à janela, de penteador branco, com o cabelo em desalinho, olhando vagamente o mar numa melancólica simpatia.

Já o bonde em que íamos tinha passado além da casa quando reconheci Eugênia; voltei a cabeça para saudá-la, mas era tarde: o corpanzil de um passageiro que vinha daquele lado furtara-me a vista da janela.

Apeamos junto ao portão do Jardim, e entramos, de braço dado, pela maravilhosa rua das palmeiras, cortada lá adiante pelo repuxo, que levantava ao sol as suas gotas brilhantes.

Caminhávamos calados; a tristeza de meu marido ia-se-me comunicando, e, com a rápida associação das ideias sombrias, a comoção de Luiz ao cortejar Eugênia, a pensativa atitude dela, a recordação, que logo me acudiu, da notícia com que Otávio me afligira na véspera de eu ser pedida, trouxeram-me a suspeita e logo uma instintiva certeza de que Eugênia e meu marido se amavam, de que apenas algum enredo alheio, ou a falta de se entenderem eles próprios, obstara a que se casassem, e em seguida vi-os ambos padecendo o inigualável suplício do amor tornado impossível e vi-me a mim mesma como causadora da dupla desventura; e, numa progressão dolorosa, a consciência da minha antiga culpa, da minha irremissível indignidade, flagelou-me tão duramente as faces que me vieram lágrimas aos olhos.

Santa, misteriosa coisa é, deveras, a honra! Pode uma educação imoral depreciá-la para um fraco entendimento; pode um padre, um confessor, um vil conselheiro, falsificar, com distinções infames, a sua elevada noção; pode uma criança, como eu era, chegar de boa fé a convencer-se de que basta ser tida como honrada para realmente o ser; um momento, de improviso, com a alma esclarecida pelo retificador espetáculo de um bom dia de sol claro, ao braço de um homem de bem que nos ama, que nos protege, que nos entregou seu nome e seu destino, produze-nos na consciência uma claridade terrível, que nos mostra a nu toda a hediondez da vergonha! E acabou-se para sempre a cegueira feliz, a atonia moral, a confusa ilusão em que íamos vivendo: agora, é muito claro, tu és indigna deste honesto rapaz que te leva por esposa, enganaste-o covardemente com as flores virgens do teu toucado, com os falsos rubores de tua face poluída; arrancaste-o, aventureira, de um outro enlace que era para ele a coroa de sua mocidade — o amor, a paz, a fé conjugal, a estima pública. Tudo isto lhe furtaste, ladra, miserável!

Chorei, chorei lágrimas a fio pelas faces abrasadas.

— Que é isto, então? — perguntou-me meu marido com terna solicitude. — São já saudades de casa?...

Eram saudades, sim, cruelíssimas saudades do meu tempo de menina pura, quando chegava de Minas pela estrada de ferro, com o meu vestidinho de fustão branco amarrotado, pobre que não podia comprar uma bala, mas virgem como o riso de meus lábios, digna de um homem como Luiz. Santa, santa coisa é, deveras, a honra!

Tínhamo-nos aproximado do tanque do repuxo; molhei na água o lenço e passei-o pelas faces, pelos olhos, e alisei com os dedos o cabelo junto às têmporas.

Quando ergui a cabeça, vi que Luiz olhava fixamente para a esquerda, para a aleia dos bambus, e acompanhei-lhe o olhar. A uns cinquenta passos de nós, rodeando uma mesa coberta de garrafas, ria ruidosamente um grupo de rapazes, e, entre eles, uma rapariga alta, vestida de seda azul, erguia na mão, acima da cabeça, um copo transbordante. Estava de costas para nós, mas não precisei ver-lhe o rosto para reconhecer minha irmã Lina.

Puxei pelo braço de meu marido.

— Vamos!

— Já?!

— Já: disseste que a barca saia às três; até voltarmos, até jantarmos, serão horas.

— Pois vamos.

Conheceria ele minha irmã? Não me disse nunca, mas presumo que sim, porque voltou ainda mais pesaroso.

— Está bem — disse para o distrair —, queríamos só encher tempo, e sempre matamos umas duas horas.

Preocupado como estava, levou a mão ao bolso do colete, como para consultar o relógio; mas logo a retirou enrubescendo e sacudindo uma poeira imaginária, para disfarçar o movimento.

Luiz trouxera de S. Paulo um magnífico cronômetro inglês, com pesada corrente de ouro, mimo que, no dia da formatura, recebera de um colega rico; andava sempre com ele, era o luxo do seu modesto vestuário. Só agora reparei que lhe faltava a corrente, e decerto que também o relógio. Interroguei-o sobre isso.

— Ah! — respondeu com visível embaraço. — Deixo-o na cidade; para que levar para a roça um objeto de tanto preço?

Deixava-o na cidade — era uma resposta verdadeira, porque Luiz não mentia nunca, mas era incompleta: onde o deixava? Lembrei-me então dos inesperados gastos que fizera, das despesas de hotel, dos arranjos da viagem, da cestinha de frutos, e, comovida, apertei ao coração o braço que ele me dava.

VIII

Cópia. — "Malvininha,

Agora que meu marido está em audiência, de que não volta senão à hora do jantar — e são apenas onze da manhã —, satisfaço o teu pedido de minuciosas notícias minhas, 'a viagem, a chegada, as impressões do novo estado e do novo domicílio'.

Tudo muito bom, por ora: a nossa casinha é como o diminutivo indica, pequena; mas é também linda.

Mas comecemos pelo princípio e falarei da casa quando chegar à casa.

Vim da Corte sem despedir-me de ti, nem de ninguém, porqueo Sr. meu marido tinha pressa de arrancar-me 'desse charco', estás lendo?

Atravessamos a baía com um calor tal que eu às vezes olhava para o mar a ver se os peixes não boiavam, cozidos, à tona da água.

Desembarcamos em um ponto de Niterói que eu ainda não conhecia, no que também não perdia nada. Feia coisa!

Metemo-nos logo no carro de primeira da estradinha, da estradinhazinha de ferro que nos tinha de transportar a este recanto.

Que mais te hei de contar da viagem? No nosso carro, pouco frequentado, iam apenas umas roceirinhas que voltavam para a fazenda, abanando-se desesperadamente com ventarolas-anúncios, terno mimo do caixeiro do armarinho em que compraram as tranças postiças e as marcas de lamparina. O pai delas — sei, porque lhe deram este tratamento —, um português com cara de macaco, foi toda a viagem dormindo sobre o peito da camisa cheio de nódoas de vinho — explicativas do sono. Perfeito mono, mono em todos os sentidos... Quando passava de um sono a outro, esbugalhava os olhinhos e metia os dedos pelo nariz, com um gesto perfeitamente simiano.

Ao anoitecer chegamos à estação terminal, pois preciso revelar-te que a estradinhazinha não chega a B.: afrouxou três léguas antes de chegar. Luiz teve a caridade de não me fazer antes esta revelação desanimadora.

— Ainda três léguas de viagem! — disse-lhe com o meu mais abatido desconsolo. — Como vamos agora? Eu não sei andar a cavalo...

— Não — tornou-se em tom ligeiramente vaidoso: — viaja-se em carro...

— De bois?!.. — atalhei horrorizada.

— Estás alegre!... em carro de praça. — E chamou, da janelinha do carro para a plataforma: — Calixto!

Acudiu um mulato, que tirou para fora as nossas malas. Luiz deu-me a mão, e saímos. Enquanto na plataforma eu batia com os pés, para os desentorpecer, ouvi um rapaz de boca torta perguntar ao Calixto quem eu era. O cocheiro disse que decerto alguma parente; o outro objetou que conhecia todas as moças do parentesco do doutor, e que eu não era desse número. E a furto devorava-me com os olhos matutos. Tomei o braço a Luiz e, bem defronte do cara torta, disse em voz que este ouvisse:

— Anda, vamos, que há aqui espiões de polícia!

— Que história é essa?

— Ou malcriados, que é o mesmo.

Da estação saímos numa rua arenosa, em cujo extremo brilhavam luzes de armazéns e o lampião de um hotel.

— Apetece-te alguma coisa? — perguntou-me meu marido.

— Apetece-me chegar à casa.

Subimos para a caranguejola do Calixto, que lá foi a rodar pela areia e enfiou-se na estrada de B., à esquerda.

Se não tivesse sido tão longa, podia chamar-se boa a viagem; mas durou umas três horas! Luiz, a meu lado, mais alegre agora, cingindo-me com o braço, beijou-me mais vezes do que metros teve a estrada! Foi um pouco demais, não achas? Penso que teu marido, discreto como é em tudo, não te terá estragado a sensação do beijo com semelhante abuso.

Enfim! Deviam ser umas nove horas, quando meu marido explicou-me uma luzinha, ao longe, declarando que era a primeira casa da vila. Inquiriu então, com terna solicitude, se estava muito cansada, se sentia fome ou sono... Não, disse-lhe; estava muito satisfeita por nos ver chegados e por vê-lo também mais alegre...

— Minha alegria és tu! — disse-me entre beijos e mais comovido do que era natural. — Queres-me muito?

Respondi-lhe com um beijo, o primeiro de minha iniciativa. Coitado! Quase desmaiou de gosto!

Já então atravessamos a vila, o que se percebia principalmente pelos solavancos do carro nas pedras soltas do belo calçamento; a espaços, uma janela iluminada, duas, três pessoas sentadas às portas; passamos logo o largo da matriz, com um chafariz bonito, que é a joia pública do lugar, e onde vi de relance uma criada abraçar um rapazola. Ah! Puros costumes da aldeia! E a nossa Corte é que é 'um charco'!

— Mas então, não moras dentro da vila?

Porque haviam cessado as janelas com luz, e as casas de lado a lado, que dão à estrada o direito de chamar-se rua.

— Por ora, vamos ficar na chácara de um amigo, meu colega. Não contava, tu sabes, voltar casado. Agora é que vou pôr casa.

— E a chácara do teu amigo é ainda longe?

— Não, olha, é ali, vê-se já o portão, à beira da estrada.

Parou o coche do Calixto, apeamos, subimos uma ladeira pela encosta suave de um outeirinho, chegamos. Ora, enfim chegamos! Antes que batêssemos, veio abrir-nos a porta o amigo de meu marido, que já nos esperava, não sei como.

Pela efusão com que os dois se abraçaram, estimam-se com uma amizade enorme, de rebentar costelas!

Se o Damon do meu Pythias só depois de abraçar o amigo é que se lembrou de mim, para estender-me a mão hospitaleira! Em compensação, tratou-me depois com fina amabilidade e regalou-nos com uma ceia ainda mais amável e mais fina.

Na manhã seguinte, entre o café e o almoço, fomos correr a chácara, que é bem sofrível, com a sua cerca viva, um campo verde, limpo e farto que dá vontade de ser quadrúpede, e, sobretudo, um laranjal maravilhoso, porque, não sei se sabes, B. fica para os mesmos lados de S. Gonçalo, por onde passamos, e que é a terra clássica das goiabas e das laranjas seletas.

Compreendes, e Damon e Pythias compreenderam também, que esta hospedagem de um casal de pombos, como eu e Luiz somos, em casa de um advogado celibatário, não é das coisas mais aceitáveis, principalmente ao paladar da aldeia, que é o mais melindroso, onde vês! Por isso, logo do outro dia, começou a nossa instalação numa casinha a poucos passos do portão da chácara. É donde agora te escrevo, olhando, quando procuro os meus adjetivos, para a serra em cujas fraldas está a vila, serra digna dos mais francos louvores pelo pitoresco que nos dá a este canto de terra, e pela água de cristal e pelos saborosos palmitos que descem lá de cima.

Eis-me, pois, cidadã de B. Já tive a visita da senhora do juiz de Direito, da senhora do juiz municipal, das senhoras (respectivamente) dos juízes de paz, da senhora do delegado, de todas as senhoras do foro, para encurtar, e, por fim, ontem à noite, a da senhora... comadre do vigário.

As raparigas da terra são horríveis, com penteados de dois palmos de altura!

Reza por mim, Malvininha, para que Deus me livre de cair ainda um dia nestes penteados, e abraça a

Tua

Laura... de Lima

B., 15 de abril."

IX

Cópia. — "Malvininha,

Está decidido: a tal roça, que os senhores poetas nos impingem como um ninho de tranquilas felicidades, é um mar morto de tranquila pasmaceira, de inesgotável aborrecimento!

Vê tu, minha feliz amiga, e lamenta o destino de uma mulher de advogado da roça: Luiz acorda com os passarinhos e vai ao seu banho de cachoeira, com o inseparável colega. Voltam e quase sempre almoçam juntos, aqui em casa. Seguem-se duas, três horas de palestra dos dois, na qual não posso intervir porque é de política, literatura, recordações de S. Paulo, em um terreno que se chama *elevado* e que é essencialmente maçador. Depois o colega vai para o seu escritório e meu marido fica a ler autos, ou a aturar algum matuto demandista, sem tréguas, até a hora do jantar. À tarde, ou vem o colega, ou vai Luiz à casa dele e são mais três, quatro horas de recordações de S. Paulo, literatura e política. Quando muito, uma vez ou outra, este último período da convivência entre os dois passa-se, durante uma hora, em um passeio pela estrada, que é o único passeio deste lugar pitoresco.

Que me fica, a mim, da 'amável companhia do meu distinto marido', como tu dizes? Quando ficamos sós, estou morta de sono, e vou dormir, enquanto ele põe-se a ler, a escrever ou ainda às voltas com autos.

Confessa que não é uma vida de rosas, e que a nossa lua-de-mel já deve estar no minguante.

Uma ideia, uma salvação: por que não vens tu até aqui, quebrar a monotonia destes dias, trazer-me um pouco de ar civilizado, um pouco de Rio de Janeiro? Pois não te mereço esta caridade?

Vem, Malvininha, minha amiga, ou, se tardares, quando me quiseres fazer esta obra de misericórdia, só encontrarás os restos mortais da que foi sempre em vida

Tua amiga do coração,

Laura.

B., 2 de Julho."

Estas cartas, e outras semelhantes ainda dizem pouco o meu tédio, porque as escrevia com discreta parcimônia, para poupar meu marido, e porque só hoje, com a fria segurança que dá a longa distância de tempo, é que avalio exatamente a situação em que estive.

Não fui educada para a família, não fui; trabalhei muito em solteira, mas trabalhava por dura necessidade, constrangida pela pobreza, amaldiçoando as horas, vencendo, minuto por minuto, o cansaço e a preguiça; de sorte que apenas tive um responsável por minha vida, abandonei o trabalho como se despe um avental grosseiro e sórdido, deixei-o sem pesar nem saudade, e atirei-me à ociosidade como à suspirada emancipação. Mas as horas, vazias de trabalho, precisavam ser cheias de outra equivalente ocupação, se é que outra assim existe; e não o eram.

Desta falta me veio o tédio, que é caminho certo da perdição para as naturezas imaginativas, como infelizmente é a minha. Veio--me um constante, funesto abatimento, e entrou-me, desde então, a vida neste medonho círculo vicioso: a minha tristeza entristecia meu marido, a dele ainda mais me entristecia.

Chegou a um ponto para ambos intolerável. Viemos às primeiras palavras azedas:

— Parece que te aborreces em minha companhia?...

— É o que parece.

— E é o que é.

— Pode ser que seja.

— Pois, minha cara senhora, não sei que ideia fazia então do casamento; é isto mesmo — uma associação para o trabalho, para o sacrifício, para a luta da vida. Quando os dois estimam-se, compreendem-se, o peso é leve e no próprio sacrifício há doçura; quando não,... aborrecem-se.

— É isso mesmo.

E Luiz, voltando a face, tomava o chapéu e o caminho da porta e lá se ia em procura de ar livre e de expansões com o amigo. Eu ficava, e não chorava, mau indício! O agastamento feminino, quando se não desafoga em lágrimas, afoga-se em sombrias ondas de pensamentos maus, de maquinações perversas.

Aqui está, na ignominiosa nudez, o íntimo de minha alma, em tais momentos:

Meu marido é um pedante, um declamador de frases, não me ama, nem nunca amou: casou comigo por ostentação de generosidade e honradez; amava a Eugênia, e não a pediu por esposa por um cabeçudo orgulho de pobre soberbo; hoje arrepende-se, e, se não me maltrata, é ainda por ostentação de bondade, não porque seja bom. Sou uma infeliz, presa por toda a vida a um impostor sem coração, que me tem consigo como os falsos devotos trazem e deixam ver o cilício e a disciplina — para se mostrarem sofredores. Sirvo para dar-lhe o *chic* de ser vítima. Bonito destino! Mas não há de ser assim! — Quer ser mártir, seja-o deveras! Quer ostentar-me como a desgraça de sua vida, sê-lo-ei, real, terrível! Ah! É demais! Arrancar uma criatura livre ao gozo de sua liberdade, à embriaguez de sua independência, para encarcerá-la na aridez de uma vida letrada, de uma casa cheia de autos e de teorias políticas, e vir, depois de tudo isso, pregar-lhe as doçuras do sacrifício e não sei que outras frases de teatro de romance! Sim! Estou farta de palavrões, o que eu quero é viver, que para isso nasci e hei de viver!

E devia ter nos olhos a ávida luz febril do olhar do encarcerado que aperta na mão a lima com que há de roer as grades da enxovia! E já sentia na face afogueada as frescas auras exteriores, os livres bafejos da aventura, e nos ouvidos, fatigados do tom imperativo do carcereiro, as músicas da lisonja, as meigas palavras que beijam.

Tornaria a ver a Corte, ainda que fosse de fuga! Havia de encontrar outra vez o meu vizinho estudante, aquele rapaz de olhos ardentes que sabia dizer tão bem os desvarios da paixão! Havíamos de escrever naquela divina página azul da Baía de Guanabara a estrofe do nosso amor! Seria num bote, remado por ele, ao luar, sobre a água silenciosa e deserta, embalados pelo arfar do seio do Atlântico, no meio da livre Natureza, numa alegria pagã!

E o meu grave retórico, o meu seco pedante que estourasse de cólera, que se pendurasse pelos chifres!

Pensava-o como surda ira, acesa de raiva e de libidinagem, possessa de fúria, como uma bacante no apogeu da orgia! Sentia correr-me nas veias o férvido sangue de Lina, da apaixonada rapariga que matara de angústia o marido e fugira nos braços do amante; e então dizia comigo que era um destino de família, e que aquela escura fatalidade entontecia-me deliciosamente, como um licor diabólico!

Não podia continuar assim. Nem a assiduidade ao trabalho valia a meu marido: a advocacia faltava-lhe a todas as esperanças: vivia agora metido em casa, apenas visitado pelo colega, que era o único a quem visitava, esquivando-se às reuniões públicas, lendo, cismando, desesperando.

Fui sempre má consoladora; o meu natural melancólico, fraco, desalentado, carece do amparo alheio, e apenas pode ornar a força e a energia de outrem, como a frágil trepadeira; se o meu apoio desfalece, caio também com ele.

Depois, odiava a poderosa influência que o amigo de Luiz exercia em seu ânimo; via-lhe no olhar severo a condenação das minhas fraquezas, e receava mais da vigilância daquela amizade do que do amor e do caráter de meu marido. Precisava, havia de separá-los.

— Por que não procuras outro lugar, uma nomeação qualquer? — perguntei uma vez a Luiz.

— Talvez tenhas razão; hei de pensar nisso.

E, continuando os embaraços e a falta de trabalho, empenhou-se por uma promotoria em outra comarca mais próxima à Corte. Era-me, por todas as razões, melhor.

Foi nomeado, com grande pesar do amigo, que, entretanto, concordava na necessidade da mudança; mudamo-nos.

O novo lugar de nossa residência, outrora florescente ao ponto de alimentar a pretensão de tornar-se capital da província, era então mais atrasado e mais pobre do que B., e os magros vencimentos da promotoria pública davam estreitamente para as despesas essenciais, de alimentação, morada e vestuário.

Mas estávamos a poucas horas da capital, com estação de estrada de ferro a meia hora. Para alcançar de futuro algumas concessões, tornei-me condescendente e afetuosa com meu marido; interessava-me pela sua vida literária, pedia que me lesse os seus escritos, comovia-me com eles, augurava-lhe triunfos; e o pobre rapaz, iludido, vencido, beijava-me a face, mostrava-me as encantadas perspectivas de suas aspirações. Quem sabia? A carreira literária começava agora no Brasil; Alencar, que acabava de morrer, aparecera e vivera principalmente por ela; no próprio lugar em que morávamos, nascera outro romancista popular a quem não eram ingratas as letras. Tinha amizades no jornalismo fluminense, podia obter que o tomassem para colaborador de alguma das folhas diárias, e isso o ajudaria, quando menos, a esperar melhores tempos. Bem podia ser que ainda fôssemos morar para a Corte.

O maior obstáculo a este último plano, que era o que mais me seduzia, vinha da aversão que tinha Luiz a morar na mesma cidade em que minha irmã era conhecida de todos pelos seus desregramentos. Assim era, ainda uma vez, Lina quem se opunha à minha felicidade! Entrei a aborrecê-la de novo, e, por natural oposição, a afeiçoar-me às ideias de meu marido.

Afinal, a honestidade era o mais cômodo; as grandes loucuras amorosas são bonitas nos romances, onde se morre poeticamente, com frases fúnebres do autor e doces suspiros da leitora nervosa, e volta-se a página, ou fecha-se o livro, e está acabado. Na realidade, já não é tão simples; há o comentário maligno, as exigências sociais, e, pior do que tudo, o desdém do algoz saciado. E um milhão de pequeninas dificuldades, a começar pelas de dinheiro. Melhor é ser virtuosa, desejada eternamente, sedutora como o impossível, estimando burguesamente o seu marido, debaixo da sua responsabilidade na vida e do seu guarda-chuva na rua.

Depois — digo tudo —, quando pensava em atraiçoá-lo e recordava-me bem dele, do seu modo, do seu passado, da firme singeleza com que procedera no dia do casamento, convencia-me de que aquele rapaz tão sério era capaz de matar-me! E este temor salutar continha-me tranquila no dever, como uma gaiola encerra uma ave.

Luiz, trabalhando assiduamente e com pouca recompensa, voltando, às vezes, das inquirições de testemunhas, para jantar à noite o nosso magro jantar, vivia feliz, com o meu aspecto consolado; e um dia, em que contratou uma causa importante, prometeu levar-me à Corte.

Tinha então outro companheiro de S. Paulo, menos amigo que o de B., muito menos, mas, em compensação, muitíssimo mais original. Era um sujeito feio como o pecado, juiz municipal do termo, que levava a vida a caçar. Abastado, exímio bebedor de cerveja, celibatário por convicção inabalável, pensava mas não dizia mal das mulheres, não frequentava casas de família, não acreditava em Deus nem nos homens, nem em coisa nenhuma, afora o ponto da sua espingarda e a excelência da cerveja como tônico e refrigerante.

Luiz estimava-o pela independência e firmeza do caráter. — É um honrado urso — dizia dele.

Uma noite, meu marido voltou muito agitado e, logo que esteve só comigo, perguntou-me o que havia de verdade na história de uma carta recebida por mim, do Lustroso.

O Lustroso era o professor público da vila, um grosso indivíduo barbado, de óculos azuis, jarreta, estúpido, com um hálito que cheirava a cão morto a dez passos; chamava-se o Lustroso porque o era no vestuário, desde o chapéu de feltro ensebado até as calças surradas, não digo até as botinas, porque essas precisamente é que nunca tiveram lustro. Vivia pelas tavernas a falar mal da vida alheia, e muitos o respeitavam pelo veneno da língua. Ora, o Lustroso escrevera-me uma carta atrevida, em que revelava mais de um segredo melindroso de minha vida na Corte, e concluía dando-me a escolher entre a divulgação de tudo e um beijo; se eu não devolvesse a carta, estava entendido que preferia o último e ele esperaria pacientemente a ocasião; e entretanto, podia ficar tranquila.

Refleti dois dias, e guardei a carta.

Uma noite, na escuridão da rua, estando encostada à porta, à espera da criada que fora as compras, e na ausência de Luiz, aproximou-se tão rápido um vulto, que não tive tempo de fugir; tomou-me o braço, murmurando sofregamente:

— Agora!

Pelo hálito latrinário reconheci o Lustroso, e, antes que tivesse tempo de responder, senti nas faces, no queixo, na boca, os seus beiços imundos.

Largou-me, corri para dentro, cheia de confusão e de asco; lavei o rosto com água perfumada, uma, muitas vezes. — Está acabado! E estou livre — murmurei afinal com alívio.

Já ia-me esquecendo o incidente, sobre o qual passara mais de um mês, quando recebi a interpelação de meu marido.

— É falso! Não sei de nada disso! — respondi com toda a segurança com que sabia mentir.

— Não! Quem me disse não mente: foi o Barros.

Barros era o juiz municipal.

— Pois mentiu agora, e mentiu porque me odeia, como a todas as mulheres, tu bem sabes.

— Mas é meu amigo...

— Não é amigo de ninguém; é um cínico...

— Esse teu calor em insultá-lo...

— Ah! Queres que te diga tudo...

— Decerto.

— Pois fica sabendo que quem me escreveu foi ele!

— É falso! Mostra-me a carta!

— Querias então que eu a tivesse guardado? Devolvi-a sem abrir; sei que era dele porque a portadora o declarou; aí tens!

— E por que não me disseste nada?

— Para quê?...

Luiz saiu outra vez para a rua; alta noite, quando voltou, mais calmo, disse-me que não podíamos continuar ali; pediria demissão no dia seguinte...

E para onde iríamos? Para onde fosse, estava decidido, tudo, menos ficar naquela terra!

Bem bom! Principalmente se fôssemos para a Corte!

104

AS CONFIDÊNCIAS DO MORTO

QUARTA CARTA

O Barros, o excêntrico de que fala a última carta de Laura, foi um dos mais nobres estudantes do meu tempo. Honesto, vadio, ateu e atlético, bom rapaz, deixou reputação entre os cervejeiros do café Lévy, os jogadores da bola e os boêmios de grande coração.

Um episódio dele. Conversávamos uma noite, em S. Paulo, numa roda de rapazes fluminenses, onde o único estranho era um fidalgote baiano, de grande família e de maiores orelhas. Censurava-se a imortalidade da família aristocrática, no Rio de Janeiro, como em toda a parte; só o baiano contradizia.

— A quem o queres negar! A mim que fui vítima perseguida das matronas do Catete — dizia o Barros. — Pelo prazer demagógico de sujar brasões e pergaminhos, prestei-me muitas vezes; mas afinal encontrei a baronesa de ***...

— Ah! Reconheces?!... — exclamou vitorioso o baiano. — Bem sabia que dessa não teria o que dizer: é um modelo de virtude, uma cidadela...

— Uma cidadela inteira, não digo, mas um canhão, com certeza! Mas nem assim resistiu-me; eu é que lhe resisti.

— É mentira! — rugiu o fidalgote.

— Estás bêbado?... — perguntou placidamente o Barros.

— Digo-lhe que mente!

Então o hercúleo Barros, com as costas da mão, sem esforço, sem cólera, enviou-lhe uma bofetada, que o atirou ao chão. Interviemos, separamos, e, com o escândalo, dissolveu-se a roda.

No outro dia cedo, recebeu o Barros um cartão com o nome do estudante baiano, sobrecondecorado por uma coroa heráldica, e um desafio para duelo, a qualquer arma, em qualquer lugar e hora. O desafiado devolveu-o com esta resposta a lápis, no verso:

"Quando e onde quiser. Leve a arma que escolher, eu levo um chicote."

O fidalguinho entendeu que bem bastava a bofetada, e não passou daí o duelo.

Depois desta ilustração necessária à última carta da *desconhecida*, volvamos atrás, ao tempo em que Luiz ainda morava em B.

Passada a ebriedade dos primeiros dias, já tão acidentados, o meu triste amigo foi, cada vez mais, a internar-se na desilusão escura que lhe envolveu a vida até o fim. Nunca a alma humana é tão sincera como no tédio. *In fastidio veritas*, podia também dizer-se. Quando entrou a aborrecer-se da roça, da monotonia da modesta virtude, é que Laura descobriu inteira a índole totalmente depravada. Nem disfarçava mais, como nos primeiros dias, a aversão ao marido e, muito particularmente, à minha pessoa.

Pela minha parte, eu apenas salvava as conveniências, porque, no íntimo, detestava-a. A pálida cigana matava-me o meu melhor amigo, matava-o na flor da alma, no generoso ideal, que era a sua força e a sua luz!

Ralava-me o coração o observar, dia por dia, a decadência de tão vigorosa mocidade. Era já outro: a nobre ousadia das opiniões, a substância do seu caráter, diluía-se lastimosamente num modernantismo insípido e incolor. Perdia, com as ilusões domésticas, a antiga confiança nos homens, que é a mais fecunda das virtudes democráticas. Uma vez, na igreja, vi-o persignar-se, automaticamente, acompanhando os outros — o discípulo de Proudhon, o meu leal companheiro nas cruzadas acadêmicas do livre-pensamento! Que dor!

Uma noite, acaso a mesma de que a mulher fala em suas cartas, entrou-me em casa com a voz embargada pela comoção. Encerramo-nos a sós.

— Então? — perguntei-lhe com um abraço em que lhe abria, como refúgio, toda minha alma.

— É uma desgraça, meu amigo! Ou antes, é uma punição terrível! A lógica dos fatos — lembras-te? — é, deveras, uma cega fatalidade: não atende às atenuações da culpa, à generosidade do iludido. Ah! Enganaste-te? É o que basta. Porque, tu sabes, e eu não merecia tanta expiação. O meu casamento foi cheio de renúncias: alianças honrosas de família, auxílios de riqueza e de afeições, nada disso esperava; mas podia querer, como somente queria, uma esposa que eu educasse, uma alma que eu formasse à imagem da minha. Nem isso, nem nada! A que eu julgava matéria abandonada, que se afeiçoaria às mãos carinhosas que a recebessem, vinha para sempre condenada ao mal e ao erro por uma educação criminosa, inoculada pelo exemplo imoral. O pai, uma boa índole primitiva, degenerou no vício; a mãe, uma estúpida egoísta; a irmã, uma perdida; o irmão, uma criança apenas. Criou-se nas humilhações da pobreza, nas concessões da dependência, entre amigas libidinosas e rapazes atrevidos. Nunca teve uma casa sua! Isto é horrível! A casa paterna, em que se nasceu, em que nasceram os irmãos, em que morreram os avós, onde se escoou a infância protegida pelo respeito, onde cada móvel tem uma recordação de família, onde as árvores do pomar são os velhos amigos da casa, onde o trabalho é um culto, e a honra uma religião, é, deveras, um santuário. Não teve nada disso! De cada casa em que morou, lembra-se dos aluguéis que deixaram de ser pagos; a mobília ardeu na penhora; viviam enxotados pelos senhorios como um bando de ciganos errantes; do pai, lembra-se que voltava, trasnoitado, do jogo; da mãe, que brigava com o pai, que o insultava, que se desrespeitavam enquanto a irmã mais velha conversava na rótula com o namorado, que a beijava. E havia de conservar-se, nesta revolta imundície, um tão delicado perfume como é a castidade feminina? Agora vê tu que natureza de eleição era a de Laura que, ainda assim, salvou-se da extrema degradação!

— Por isso, não desesperes; também a saúde da alma readquire-se, regenera-se.

— É certo, e eu poderia esperá-lo, mas noutras condições, meu amigo. Se eu fosse rico, se a levasse para bem longe, para as alegrias de uma vida nova, desconhecida, em que se lhe apagassem todos os vestígios do passado!... Mas continua na pobreza, que não compreende nem tolera, está a dois passos das cenas da meninice, tem a insaciada ambição dos prazeres que imaginava e não achou, tem saudades da antiga liberdade, do tempo de solteira, e que todas as quimeras ainda eram possíveis! Depois, e é este o maior mal, não é capaz de me compreender: talvez algum dia me tivesse tido amor, mas o que não pode, é estimar-me!

E, pela primeira vez na vida, vi chorar, de desalento, aquele homem forte que atravessara tantas lutas!

Pouco depois da mudança para I., que Laura conta fielmente, escreveu-me Luiz:

"Não, ainda não parou de desandar a roda da fortuna. Parece que às vezes toma descanso para girar mais forte: foi o que ultimamente aconteceu.

Disse-te que havia contratado com o professor público do lugar a minha causa melhor até hoje, tão boa que me deu com que pagar as dívidas que aí deixei; mas veio acompanhada dos maiores desgostos.

Quando disse a Laura a rara felicidade, porque bem devia à sua resignação a alegria desta notícia, pediu-me logo que a levasse à Corte; prometi, mas para um futuro indeterminado.

Hoje, acabada a primeira audiência que tive na causa, no juízo municipal, o Barros chamou-me à parte, a uma saleta, e, a sós, em voz baixa, disse-me:

— Precisas saber que o teu cliente é um malandro, a quem, por amor de ti, eu ontem estive a ponto de quebrar a cara!

Pedi-lhe explicação; deu-me com a franqueza agreste que lhe conheces.

— Estávamos no jardim do hotel, ontem à noite; da minha mesa, onde bebia cerveja, ouvia a palestra animada do Lustroso com outros biltres da mesma laia, até porque não faziam segredo nem cerimônias comigo. Percebi que falavam a teu respeito, e o Lustroso gabava-se de ter beijado tua mulher, com consentimento dela. — É uma mentira, que você não repete! — exclamei levantando-me para ele. Meteram-se outros de permeio e salvaram-lhe assim a integridade do vulto. Mas estava dito, e como disse ali, em minha presença, há de dizê-lo em toda parte. Minha opinião é que lhe vás ao pelo. Agora faze o que entenderes.

Laura, interrogada por mim, negou absolutamente o fato, negou-o com o iniludível tom da verdade; mas fez ainda mais — declarou-me que o Barros a requestava, que lhe escrevera... Afinal, é um homem sem crença nenhuma, é capaz disso.

Compreendes a minha posição, e o escândalo que um procedimento franco levantaria. Estou numa perplexidade horrível: creio, felizmente, com inteira segurança, na virtude de minha mulher; sobretudo, é incapaz de mentir; se amasse a outro homem, se errasse alguma vez, dir-me-ia. Demais, o Lustroso respeita-me. Desconfio mais do Barros, que não depende de mim, que é, no fim de contas, um cínico, sem amigos nem nenhum respeito humano.

Mas, partir com ele, seria revelar o que está desconhecido, e, por último, não houve ofensa irreparável: Laura nem sequer abriu a carta; nenhuma senhora, por mais honesta que seja, está livre de uma brutalidade igual, e o seu procedimento digno anulou toda a infâmia do sedutor.

Tenho, porém, firmemente assentado que não posso permanecer aqui; Laura concorda comigo; vou pedir um juizado municipal, para qualquer parte, para outra província; nestes quinze dias concluo o meu trabalho na causa do Lustroso, a última prestação de honorários que me deve bastará a todas as despesas que vou ter. Foi uma grande felicidade este contrato.

Tenho vontade de ir para Minas, de que me dizes tanto bem. Lá viverei tranquilo, engordando e distribuindo justiça, nalguma vila ignorada, entre bons sujeitos pacatos. Laura, que é mineira, resigna-se à mudança, talvez que só pelo prazer da passagem pela Corte.

Vamos! Não é provável que os meus esforços para perseverar no bem sejam sempre baldados, ou esta vida é uma criação absurda e desesperadora, em que só os maus e os velhacos prosperam.

Quando me apareces? Vê se podes estar na Corte, nestes vinte dias.

Teu,

Luiz."

"P.S. — Acabava de escrever-te quando o correio trouxe-nos a notícia do falecimento de meu sogro. A viúva, numa carta pretensiosa, plangente demais para ser sincera, virgulada de lágrimas, dá-nos a fúnebre nova, com uma grande pompa. Aí está um que se vai da vida sem deixar falta. Laura chora sinceramente, porque o amava deveras, mas há de consolar-se logo, porque é mulher e moça. A família muda-se para Niterói; fica mais perto de nós. Ainda mal! Também, perdida ainda em Minas a irmãzinha mais nova, morto o tio e cunhado, defunto agora o pai, extraviada a irmã mais velha, a família, sem falar nos parentes da província que não querem saber deles, está reduzida à mãe e ao irmão. Tanto melhor!"

Esta carta causou-me um pesar imenso. Percebeu que não foi pelo *post-scriptum*. Luiz, intemerato rapaz, recebia a um tempo duas injúrias no mais melindroso da hora, no recato conjugal, e calava-se, para não dar escândalo! Era promotor público e advogado, e os que o ofendiam era o seu juiz municipal e era um seu cliente. Que significava isto?! Que covarde capitulação com a vergonha era esta, em semelhante homem?!

Ai! Compreendi como nunca, em todo o seu profundo horror, esta sombria verdade de Proudhon: "a pobreza rebaixa-nos, avilta-nos, e, pouco e pouco, torna-nos dignos dela!"

Então, nem os mais dignos escapavam?! Nem aquele, moço, rijo para a luta, nos primeiros passos da vida?!

Outro exemplo era o velho Dr. Moura, o engenheiro que acabava de morrer. Conheci-o nos bons tempos, em Minas, engenheiro de distrito, enérgico, inteligente, carregando valorosamente o peso da vida. Tivera uma luta com o presidente da província, e saíra vitorioso; o governo deu-lhe razão e demitiu o presidente. E acabara às costas da família, morto em vida, como um pupilo da mulher!

Pois há nada mais lúgubre?

CARTAS DE UMA DESCONHECIDA

X

Copio do meu livro de lembranças:

"Ah! Respiro! Nesta meia hora, partimos para Niterói, para a casa de minha mãe; já o carro, parado à porta, espera-nos, e as malas fechadas, estalando de cheias, parece que participam da minha impaciência.

Livre — para sempre! — destes lugarejos miseráveis, dos amigos fraseadores, do torpe Lustroso, desta escura vida estreita como num claustro! Agora, a companhia dos meus, a volta à Corte, aos meus saudosos hábitos, à Guanabara azul, e depois, talvez ainda, à minha província, pacífica e farta, de boa gente hospitaleira. Graças! Torno a nascer!

Mas ao partir deste exílio melancólico, ainda sinto nos lábios a ignomínia daquele beijo! Como nas lendas fantásticas, paguei o meu tributo ao demônio.

Acaba de entrar alguém no escritório de Luiz; pela voz, é o Dr. Barros, o juiz municipal; a estas horas! Vem, decerto, da bebedeira, e ainda não começou a dormir.

Fui escutar à porta.

— Então, vais-te de uma vez?

— Vou: não posso continuar aqui.

— E o deixas ficar com os ossos inteiros; não o esperava de um rapaz como tu.

— Dir-se-ia que tens interesse em que eu o esbordoe...

— Eu! Estás alegre... eu, era por tua causa, rapaz, porque te quero bem; mas se fazes estômago duro, teu proveito! Cada qual como Deus o fez. Mas deixas-me de cara à banda, palavra! Ora, adeus! Afinal, pensaste bem: vais-te embora; fica por isso, e em pouco tempo já ninguém se lembra da coisa. Hei de até dizer que nunca te contei nada, para não te deitar a perder, e, se não soubeste, que diabo queriam que fizesses? É isso! Achei! Volto mais sossegado, e vou agora começar a dormir a minha noite. Adeus, Luiz; então? Dá cá um abraço!

Eu espiava pela fechadura; Luiz ouvia-o retraído, mas não resistiu à intimação final: abraçou-o francamente, ao coração.

Boa alma — e bom estômago!, como disse outro.

I., 2 de outubro, 5 da manhã."

— Vamos! — chamou Luiz.

Puxei para a cabeça o meu *bournous* e desci. A manhã estava chuvosa e o céu baixo, alvacento, monótono, ameaçava mau tempo para o dia inteiro. Que importava? Já àquela manhã, almoçaria com minha mãe, a minha chávena de leite, como em solteira, pensando no vestido com que à tarde iria à cidade. Entramos no carro, que partiu fazendo ranger a areia da rua adormecida.

No carro de ferro, encontramos o amigo de Luiz que vinha de B. Era a primeira contrariedade.

Abraçavam-se, sentaram-se juntos, Luiz entre mim e ele.

— De mudança? — perguntou.

— De mudança. Como tu adivinhaste em vir! Ia escrever chamando-te, porque preciso muito de ti, para a minha nomeação de juiz municipal.

— Para Minas, sempre?

— Para Minas, sim, e melhor se for para algum termo que conheças, no sul.

— Havemos de ver... E há um vago; o juiz terminou o quatriênio, e sei que não é reconduzido. Esse te convém, tenho até parentes por lá.

Felizmente, em Sant'Anna separamo-nos; o amigo tomou a barca para a Corte, nós metemo-nos no bonde.

A casa de minha mãe era em S. Domingos, na Rua da Boa Viagem, a cuja esquina descemos do bonde de Icaraí.

Era uma chacarinha alegre, com portão de ferro à esquerda, duas entradas laterais, uma mangueira ao fundo, três janelas de frente. Fomos recebidos com alvoroço; estava também o Carlinhos, que ainda não tinha ido para a Corte porque nos esperava.

Foi uma festa o dia todo. Ao almoço, Luiz declarou à minha mãe o seu projeto de nomeação para Minas.

— Sim, isso lá para diante! Temos tempo! Este mês é nosso.

— Logo que esteja nomeado, seguimos; mas a nomeação pode demorar-se.

— Está bem; valha-nos isso!

— Mas preciso ir logo à Corte, para não perder tempo — acrescentou Luiz.

— Deixa para a tarde — pedi —, que iremos todos; estou doida por ver a Malvininha. Como vai ela?

— Bem — respondeu minha mãe. — Mas os passeios e os negócios ficam para amanhã; este dia me pertence; até o Carlinhos fica hoje...

— Se pudesse!... — disse este, levantando-se da mesa. — Lembrem-se que os patrões são ingleses.

Consultou o relógio; faltavam dez minutos para sair a barca; despediu-se. Estava um belo rapaz, alto, vestido à inglesa, começando a barbar.

— É muito estimado dos patrões; está com a carreira feita! — resumiu minha mãe.

— E o que se faz neste resto de dia? — perguntei.

— Podemos ir passear a Icaraí, a fazer horas para o jantar.

Fomos. O dia continuava chuvoso e mofino, mas agradava-me mais do que todos os dias de sol claro na roça. Eu levava um vestido de cachemira cinzenta, de que Luiz gostava muito, e sorria-me para ele, afetuosa e amiga como nunca. Como a felicidade torna-nos bons!

À volta, achamos em casa uma visita; adivinhem-me quem? O estudante rio-grandense, que fora nosso vizinho na cidade nova e estreitara relações em casa. Era já sexto-anista, e fora o médico de meu pai, nos seus últimos dias. Devíamos-lhe a maior dedicação.

Chamava *mamãe* a minha mãe, e era em tudo como um filho da casa.

Só Luiz tratou-o friamente, mas como era o seu modo para todos, ficou desculpado e sem valor.

Ao entardecer, quando meu marido e minha mãe estavam à janela e nós dois em frente um do outro, na sala, o estudante, de improviso, olhou-me com aquele seu olhar veemente que eu trazia no coração, e no olhar com que lhe respondi, ficou mudamente selado um pacto delicioso e infame.

Eu ia, em poucos dias, para Minas, ele para a sua província, decerto para sempre, nunca mais nos veríamos, nunca mais! Esta ideia vencia-me e entregava-me.

Bem dizia um varão da antiguidade que a virtude é apenas uma palavra. É: uma frase vale mais, um olhar muito mais ainda.

A casa, como disse, tinha a entrada à esquerda; a primeira porta dava ingresso para a sala de visitas; outra, algumas braças adiante, abria para uma saleta com alcova ao fundo; seguiam-se, ao comprido, a sala de jantar e os cômodos subalternos, como diria Otávio.

Lembrou-me agora o nome do pedante, porque tinha-me recitado o que denominava a *fisiologia da casa*, e era um extenso gongorismo, neste gosto: a sala de visitas é o rosto, onde a amabilidade sorri aos estranhos; o escritório é o cérebro da casa, assim como a sala de jantar é o estômago e a câmara de dormir, o coração.

Mas, Otávio à parte, instalamo-nos na saleta com alcova. A saleta estava singelamente mobiliada com uma meia mobília austríaca, de madeira vergada; a alcova tinha apenas o lavatório de tampo de mármore, uma cômoda, um *bidet*, e uma larga cama francesa, atravessada diante da porta.

A casa fazia ângulo na saleta, porque as outras divisões para diante ficavam num plano reentrante, de sorte que havia uma janela que dizia para os fundos, para a mangueira, onde de manhã gorjeavam os pássaros e, ao calor da sesta, as cigarras.

Belos, inolvidáveis dias! A amorosa excitação em que eu vivia e, de outra parte, um como rejuvenescimento em Luiz pela esperança de melhor futuro, traziam-nos um segundo noivado, um "veranico de amor".

Logo ao terceiro dia, meu marido saiu cedo para a Corte e declarou que só voltaria à noite: tinha de ir, com o colega, à secretaria da justiça, para a nomeação, e talvez, à tarde, à casa do ministro. À hora do almoço, chegou o rio-grandense, com frutas para mim, pois sabia quanto era gulosa delas. Comemos alegremente, ele a meu lado, dizendo-me em segredo coisas galantes que me faziam brilhar os olhos e prodigalizando-me, com um atrevimento que só a paixão desculpava, as suas carícias adúlteras.

Minha mãe fingia não ver e logo nos deixou em mais inteira liberdade.

— Sabe quem mora também aqui em Niterói? — perguntou-me com os olhos nos meus.

— Quem?

— Sua irmã.

— Ah! Por isso é que o senhor passa tantas vezes a baía! — disse-lhe com um amuo de afetuoso reproche.

— Tem ciúmes?...

— Tenho, sim, pois não hei de ter?

— E eu os tenho de ti?

— Não tem de quê.

Depois, escolhendo a frase, para me poupar o pejo de irmã, contou-me que Lina morava em S. Lourenço, numa chácara deliciosa, afogada entre arvoredo, propriedade sua, que lhe dera um inglês velho, que a amava com zelos insensatos, e ali vinha passar com ela os domingos. Só ele, que me estava falando, conhecia o misterioso retiro da beldade, cujo desaparecimento punha em desespero os leões fluminenses. Era, além do inglês, o único que, sem ele saber — estava bem visto — tinha acesso à sequestrada. Queria eu, acaso, ir até lá? Era uma ideia! Se eu quisesse, ia buscar um carro fechado, que nos levaria até a porta de Lina; não me havia de arrepender do passeio, e ninguém saberia...

— E a mamãe?... — objetei.

— A mamãe consente.

— Só se o senhor lhe pedir...

— Peço. Vá vestir-se; vou buscar o carro.

Uma hora depois, entrávamos pelo portão da chácara em S. Lourenço, subíamos por uma alameda de mangueiras, a cuja extremidade, num ângulo que fazia a rua, avistava-se ao fundo a frente da casa, branca, com persianas verdes.

Lina recebeu-me com efusões de júbilo; mas, ainda abraçada comigo, segredou-me ao ouvido:

— Não te agradeço muito a visita, porque não vens só por amor de mim. Fazes bem, menina! Goza a tua mocidade; o mais, são invenções dos idiotas!

Momentos depois, levava-me para um camarim esplêndido, guarnecido com todos os inventos da arte voluptuosa. Um amplo divã estofado, com forro de cetim vermelho, tomava o meio do aposento; de lado a lado, erguiam-se altos espelhos de cristal encimados por estatuetas de alabastro; à janela, de vidros foscos, grandes vasos de bronze com estranhas plantas de largas folhas metálicas.

Eu estava aturdida, ardia em febre. Lina atirou-me para cima do divã e fugiu a correr, enviando-me beijos com as pontinhas dos dedos.

Entrou o estudante e fechou por dentro a porta.

À tarde, às quatro horas, voltamos. Luiz só chegou da cidade à noite, alegríssimo, com a nomeação no bolso.

— Foi um dia feliz! — disse à noite, na alcova, abraçando-me.

— Foi! — concordei. E morria de sono.

No dia seguinte, convidou-me para ir à Corte fazer já algumas compras para a viagem — e as despedidas, pois havíamos de partir daí a três dias.

Recusei, pretextando dores de cabeça e o desejo de passar em companhia de minha mãe aqueles últimos dias.

— E não te despedes de tuas amigas?

— Amanhã.

— A que horas voltas?

— Só às três, para o jantar.

E, quando já ele chegava ao portão da rua, encomendei-lhe da janela:

— Olha! Não te esqueças de comprar-me, para a viagem, um chicotinho com cabo de prata, sim?

Prometeu-me.

Minutos depois, entrava o estudante, e, achando-me só na sala, beijava-me sofregamente, e fazia-me uma súplica ao ouvido.

— Não!... Aqui, não!

— Em S. Lourenço?...

Aprovei com um gesto e um sorriso. Fomos ainda, mas voltamos cedo.

Luiz propôs-me no outro dia que fôssemos à Corte às despedidas; mostrei pouca vontade:

— Despedir-me... de quem?

— Da Malvininha,... de Eugênia.

— Da Malvininha, sei que não gostas: não vou. A outra... pouco se lhe dá de minha visita! Vai tu, e dize-lhe qualquer coisa de minha parte. Sim! E não me trouxeste ontem a minha encomenda...

— Mas comprei, vem hoje com as outras compras; amanhã, passo o dia aqui: é o último.

Minha mãe interveio

— Então, que é isso? Sempre quer ir depois de amanhã?

— Sem remédio. Até logo. Não me esperem hoje para jantar: estou comprometido com um amigo.

Nesse dia, voltamos de S. Lourenço ao sol posto. Se era a última vez!...

Mas Luiz, com as compras feitas para a viagem, trouxe-me da Corte, donde chegou à noite, pela última barca, uma notícia encantadora: precisava muito ir à roça, donde o amigo, de quem se despedira na véspera, chamava-o inesperadamente, por telegrama.

Era para um negócio da família adotiva de meu marido.

— Algum casamento?... — inquiri.

— Nada! Coisa mais séria!

— Malcriado! — tornei com um enfado mimoso. — Pois vai, e fica-te por lá.

— São só três dias de demora. É o diabo! É um transtorno! Mas é sem volta.

Três dias ainda, de liberdade agora, porque minha mãe — é preciso dizê-lo? — era cúmplice de meu amante. Mas de liberdade completa, não: havia alguém que me metia receio, o Carlinhos, com o seu olhar sério e suspeitoso. Mas era, afinal, uma criança...

Quando Luiz partiu à tarde para B., já o estudante, que viera despedir-se, sabia toda a felicidade que nos esperava.

Três dias — e três noites! — como se diz na Bíblia.

118

AS CONFIDÊNCIAS DO MORTO

QUINTA CARTA

Cópia. "Meu caríssimo,

Com o demo! Eu não sou a ternura personificada, e tenho aguentado, a olho enxuto, mais de uma despedida difícil; pois ontem, quando nos separamos na estação das barcas fluminenses, achei-me com um peso enorme no coração, e um desalento profundo, como se te houvera abraçado pela derradeira vez. Entretanto, Minas não é o antípoda do Rio de Janeiro, somos ambos moços e robustos, tudo prometia que nos tornaríamos a ver. Para quem, como eu e como tu, não acredita em pressentimentos, nem em fluidos espíritas, era inexplicável esta comoção desusada.

Quis saciar-me de tristeza: destinei aquela noite para a despedida à Eugênia...

Meu bom amigo, está tudo acabado; o casamento meu e o dela ergue entre nós sagrados obstáculos, que nenhum dos dois pensa em vencer; nestes dias, parto para a província, donde não sei se voltarei nem quando; está, pois, acabado, posso ser sincero contigo: é uma expansão que me fará bem. Amo-a, estás lendo? Amo-a como a ninguém, como nunca! Amo-a com toda a ternura que eu tinha entesourado comigo, desde as ilusões da adolescência, e que nunca pude empregar na terra. Tive outras inclinações, tu sabes, e a piedosa afeição que me levou ao casamento como a uma boa obra; pois este amor tardio, impossível, quase digo póstumo, encontra-me com todo o calor da virgindade: tinha-me passado pela alma as auras da simpatia, mas o ciclone de asas de fogo, o meteoro do extermínio, a paixão, é a primeira vez! Exulto e desfaleço no divino tormento; agora sim! Agora amo! E abençoo o meu destino: condenado à morte, como os monstros, votado ao silêncio, à eterna ignorância, que importa? Este sentimento é a mais bela energia do meu ser, a plenitude de minha alma!

Precisava dizer-te isto, meu amigo, meu irmão; já agora dei mais longa vida ao meu segredo: não morrerá comigo.

Eram já luzes acesas quando desci a porta da casa de Botafogo. Eugênia estava só, com uma irmã solteira: o marido anda em Petrópolis, para onde me disseram que foi acompanhando uma estrela errante da diplomacia.

Conversamos longamente, com a boa familiaridade antiga, recordando os dias de férias que eu passava em casa de sua família, morando com Otávio no mesmo quarto que elas arranjavam desfolhando rosas sobre os travesseiros. A irmã lembrou aquela tarde em S. Francisco Xavier quando fui apresentado a Laura, em casa do padrinho, e uma sombra de tristeza passou pelos olhos calmos de Eugênia.

Era a primeira vez que se falava em minha mulher; o nome foi recebido friamente e teve o sinistro condão de constranger-nos a todos.

Tinham lido a minha nomeação para Minas, perguntaram-me; disse que partia daí a dois dias; tinha vindo dizer-lhes adeus.

Houve um silêncio melancólico; depois Eugênia, com a sua voz consoladora:

— Mas decerto que há de vir muitas vezes à Corte.

Não, não podia ser; era longe, a viagem difícil, e a carreira em que eu entrava exigia muita assiduidade.

A irmã levantou-se e foi para a janela, onde ficou, a olhar para fora.

Senti um enleio extremo; pensei em retirar-me, mas faleceu-me o ânimo; pedi a Eugênia uns compassos ao piano.

Parece que também estimou a diversão; foi sentar-se ao seu Herz precioso, e correu os dedos pelo teclado, que gemeu docemente.

Fiquei de pé, junto, apoiado ao piano. Começou a serenata de Schubert, a dolorosa melodia que tem todas as tristezas da suprema despedida, do adeus para sempre, sobre um fundo negro, que é já a noite da saudade precoce. Nunca ouvi mais comovido, nem mais fundamente sentida, aquela inefável música. Eugênia punha no veludo das notas toda a mágoa do momento; eu já me via longe, na terra estranha, pelos agrestes invernos... O piano soluçava o seu lamento aflito, mas discreto, como tinha de ser a saudade dela.

— Por piedade! — murmurei com voz sumida.

Não ouviu, e a doce música sombria arrastou-se chorando e morrendo até desfalecer no arranco extremo.

Tomei o chapéu, vim despedir-me; se ficasse mais tempo, não sei se me poderia vencer.

— Pois já?... — estranhou Eugênia, com a voz trêmula e velada.

— Estou em S. Domingos... é preciso!

Não sei mais o que disse e o que fiz; só quando a aragem fresca da enseada bafejou-me a cabeça, entrei a dar acordo de mim; passei uma hora, duas, não sei que tempo delicioso e pungente, a contemplar de longe, na sombra, a luz das janelas de Eugênia, onde o busto dela permanecia imóvel; por fim, a luz desapareceu, fechou-se o jardim, senti-me como abandonado na noite e na vida.

Quando cheguei à estação Ferry, dava sinal de partir a última barca; apenas tive tempo de receber um telegrama com que me esperava um carteiro da Central, meu conhecido. Era o teu chamado.

Encontrei na estação de S. Domingos as compras que despachara da Corte; meti-me com tudo num tílburi. Minha mulher esperava-me aflita; abracei-a com um vago remorso.

Mas para que te escrevo esta carta? Para as confidências do começo, que talvez não te ousasse fazer de viva voz. Recebê-la-ás atrasada, quando eu tiver voltado.

Até logo."

SEXTA CARTA

No dia 6, ao almoço no hotel do Globo, encontrei-me com Otávio; sentou-se à minha mesa. Anunciava, pela preocupação com que compunha frases discretas, que tinha alguma coisa importante para me dizer.

— Voltas hoje?

— Volto.

— E eu precisava muito falar-te.

— Pois fala, aqui mesmo.

Não havia gente nas mesas próximas; a que eu escolhera ficava a um canto da sala; o bacharel pôde falar sem receio, a meia voz.

Entrou em matéria declarando que Luiz Marcos estava desonrado, que a mulher era, desde alguns dias, amante de um estudante de Medicina, aquele rio-grandense que eu conhecia. Sabia-o positivamente, porque frequentava a Lina, ainda em S. Lourenço, e estava uma tarde na chácara quando os dois saíram do camarim sem o ver. De resto, já não era mistério em S. Domingos; parece que o cocheiro dera à língua. Tinha pensado em falar ao Luiz, mas era um tal esquisitão que podia recebê-lo mal; depois, era duro! Um amigo, literato distinto, oferecera-se para a revelação num conto engenhoso, em que só os interessados entendessem; mas não lhe parecia bem. Eu, sim, como seu íntimo, tinha outros meios... E, para dizer-me todo o seu pensamento, não era só por amor de Luiz que desejava desmascarar a infâmia: era também como represália à desavergonhada.

Revoltou-me esta baixeza.

— Então, também tu?

— Ora adeus! Também eu, sim. Não era capaz de querer ser o primeiro, isso não, juro-te! Não desonro um amigo. Mas, dado o que havia, por que não?... E a infame repeliu-me, cruamente. Pois sou pior do que os outros?

— És, decerto. Sempre te conheci muito ruim, mas não avaliava que fosse tão vil!

— Tu, parece que disseste?...

— Que és o ínfimo canalha, e que fazes bem em sair de minha presença! — Disse-lhe de tão mau vulto que não esperou que lhe repetisse: saiu e desceu, trôpego, corrido de vergonha.

Levantei-me atordoado. Ah! Eu o previa: mas, ainda assim, a realidade esmagava-me.

Agora. Dizer tudo a Luiz... a que loucuras o levaria? Sabia o seu modo de pensar, no caso que o fulminava; mas que valem teorias pré-concebidas, soluções formadas em abstrato, quando estala o raio aos pés, quando é de si próprio que se trata, e a adúltera é a própria esposa?! Matá-la-ia, decerto, e ao sedutor, antes de matar-se!

Ia pela rua, ardendo neste inferno interior, quando avistei Luiz; quis evitá-lo, porque ainda nada tinha resolvido, mas já ele me vira.

— Vens com uma cara patibular! — disse-me o desgraçado.

— Pudera! Quase que estrangulo o Otávio...

— Então?...

— Cá por uma grande maroteira, comigo.

— É segredo?

— É... por ora.

E tratei de desconversar, porque, com a surpresa, entrara por mau caminho.

Depois, não nos separamos mais até a despedida, de sorte que adotei o alvitre mais comum, que é também quase sempre o mais acertado — adiar. Chamá-lo-ia da roça; aí, sob a minha vigilância de todos os instantes, salvá-lo-ia talvez de si mesmo.

Apenas cheguei a B., telegrafei-lhe; mas não veio resposta, nem ele, no outro dia e nos seguintes. Já me dispunha a ir à Corte buscá-lo, quando li, nos jornais do dia 10, a notícia de sua morte. Era rápida, para não demorar a atenção pública sobre uma catástrofe em que havia de envolta um escândalo de família. Noticiava-se apenas que suicidara-se, na véspera, em uma casa de S. Domingos de Niterói, o Dr. Luiz Marcos de Lima, por desgostos domésticos. É certo que acrescentava uma folha católica:

"O infeliz moço não estava certamente no perfeito uso de suas faculdades; aliás, não atentaria contra a obra divina de sua existência, ofendendo ainda uma vez a religião. Deus se compadeça de sua alma!"

O correio chegava a B. quase às nove horas da noite; velei, numa angústia sem nome, as horas que faltavam para as quatro da madrugada; parti então para tomar, daí a três léguas, o ferro-carril de Niterói.

Luiz fora sepultado no cemitério de Maruí, a um canto sem bênção eclesiástica, pelo seu pecado de suicídio. Acompanhara o corpo unicamente o cunhado, que lhe fizera o enterro.

Revelara-se, no doloroso transe, inesperadamente, o nobre caráter do moço. Foi um leal amigo do infeliz, e, desde a morte dele, desprendeu-se da família. Há dois dias que, para subtrair-se à curiosidade dos maus e à crescente vergonha dos seus, embarcou para os Estados Unidos.

Na secretaria da polícia de Niterói, achei uma carta de Luiz, para me ser entregue. Li o auto de corpo de delito do cadáver. A bala de um revólver, disparado contra o crânio, atravessara-lhe o cérebro pouco acima da base; a morte deve ter sido instantânea. Examinei o revólver, de seis tiros; tinha um só descarregado.

Em casa de um amigo, a sós, abri a carta do morto, e pude lê-la inteira, na liberdade da minha dor.

Transcrevo-a fielmente:

"Ia dizer-te ontem um último adeus, antes de partir para Minas; recebe-o agora. Este, sim, que é o derradeiro: aqui tenho ao lado o meu revólver, carregado de seis tiros, para matar-me quando tiver acabado de escrever.

Trata de ler tão calmo como eu escrevo.

Ontem, 8, depois do almoço, despedi-me de Laura, recomendando-lhe que arrumasse para a viagem as nossas canastras; eu voltava daí a dois dias, ainda cedo, íamos dormir à Corte, para tomar o carro de ferro na madrugada seguinte. As últimas compras estavam, como ainda estão neste momento, espalhadas por cima da mesa e das cadeiras da saleta. Meti num bolso de dentro, disfarçado com um lenço, um revólver que comprara para a viagem de Minas.

Chegado à Corte, fui fazer a barba, no Fontes.

Estava tranquilo, resoluto, como quem vê adiante de si o caminho traçado para muitos passos. Enquanto esperava, vi, por acaso, um rapagão louro e gorducho, que eu não conhecia, muito embebido na leitura de um jornal do dia, em que colaboravam escritores novos. Imaginei, pelo interesse, que estaria lendo algum artigo dele próprio.

Chegada a minha vez, sentei-me; coube-me um oficial meu conhecido e antigo na casa. Enquanto me barbeava, dirigia-se a outra pessoa ao lado, que outro oficial penteava. Dizia-lhe:

— Que deslavado! Pois, com essa cara de gente, pode-se ter tanto cinismo?

Olhei para o indivíduo a quem falava; era o gorducho louro.

— Enfim cada qual com a sua ideia! — continuava o barbeiro. — Comigo, era homem morto... Mas é preciso que uma pessoa tenha perdido toda a vergonha... para vir ainda trazer os chifres ao cabeleireiro... Nada! Destes cabelos, não entendo!...

Tornei a olhar para o outro; sorria maliciosamente.

Aí está um que merece a insolência, pensei comigo.

Mas afinal convenci-me de que era uma farsa do barbeiro, que também falava risonho. Durou o tiroteio até que o rapaz louro levantou-se e saiu.

— Quem é este sujeito? — perguntei.

— Um *gajo* por aí assim! — respondeu-me.

Procurei uns dois ou três amigos, com quem estive a fazer horas para o jantar; jantei às duas e meia, e fui tomar a barca para Sant'Anna. Na estação, comprei as folhas do dia, a *Gazeta*, o *Jornal*, a tal folha dos rapazes. Na travessia fui lendo a *Gazeta*; no ferro-carril, abri o *Jornal*, e embrenhei-me nas correspondências da Europa até que me faltou a luz. A poucos quilômetros da estação terminal, abri o jornalzinho. Atraiu-me o folhetim, *Ângela*, assinado por um pseudônimo auspicioso; mas, à promoção que me adiantava, a leitura ia ganhando para mim um interesse terrível! *Ângela* era um feliz retrato da Laura, completo, minucioso, desenhando até um imperceptível defeito que ela tem no lábio inferior. O marido, designado apenas por *doutor*, era eu, visto através de um baixo ódio que eu não conhecia. O jovem escritor, amigo de Otávio, e que imita Zola como o vidro, nas joias falsas, imita o brilhante, falava de um gineceu voluptuoso, em S. Lourenço, onde *Ângela* entregava-se a um estudante de Medicina, enquanto o *doutor*, um republicano, esperava e desesperava na antessala da secretaria da justiça, mendigando uma nomeação.

Acabava de ler, de reler, combinando esta inesperada denúncia com todos os antecedentes, desde as estranhezas de Laura, em solteira, até a cena em casa do Fontes. O carro parou na estação. Um conhecido, o I., que saía, despediu-se de mim.

— Como passou? — disse-lhe estupidamente.

Saí por último, agarrando-me às portas, depois às paredes da estação.

— O carro aí está — disse-me uma voz conhecida, o Calixto.

— Não, não vou hoje.

Ah! Era preciso orientar-me! Viver ainda! Cobrei forças, fui ao hotel, pedi um animal arreado.

— Para B.?

— Para Niterói.

— Como! Pois não veio de lá?!

— E volto para lá.

— Hoje mesmo?!

— Agora mesmo. Não pode ser?

— Poder, pode. E antes, não toma nada?

— Nada.

Meia hora depois, metia o cavalo a galope, na direção de Niterói, com grande pasmo do estalajadeiro, que desconfiava da minha cabeça. Viajei às tontas, numa carreira desvairada, ferindo o rosto pelos espinhos da beira da estrada, esbarrando nas porteiras. Creio que choveu pelo caminho, porque cheguei molhado. Não eram ainda duas horas da noite quando entrei em Niterói. O excesso da viagem, o frio ar da noite, a chuva, fizeram-me bem; estava agora calmo, já me dirigia. O mísero cavalo, estafado, recusou-se a andar logo que começaram as ruas calçadas; continuei a pé. Cantavam os galos a primeira vez quando dobrei a esquina da Rua da Boa Viagem.

Refleti; perdera, decerto, a minha pressa: a casa devia estar fechada. Cheguei ao portão; estava apenas cerrado. Senti como uma punhalada no coração; levei a mão ao bolso do paletó, ainda tinha o revólver; entrei, caminhando com precauções infinitas, como um ladrão noturno. A porta da saleta estava também entreaberta, coava-se para fora uma régua de luz; empurrei-a de manso, abriu-se. Um lampião sobre a mesa alumiava a saleta e a alcova: na cama, ao fundo, dormia Laura com o braço sobre o peito do estudante rio-grandense, que também dormia.

Cegou-me uma onda de sangue; passei a mão pelos olhos e tornei a olhar. Continuavam a dormir tranquilos; eu ouvia-lhes o respirar compassado.

Tive então um riso bestial, fantástico. Lembrou-me, ao vivo, a surpresa do *Giocondo*, no Ariosto. Exato! Perfeito! Depois salteou-me uma cólera apoplética, empunhei instintivamente o revólver. Laura, porém, voltou-se na cama, com um suspiro; tornou a adormecer. Saí devagarinho, mas a arma, que eu conservava na mão, bateu ruidosamente na porta envidraçada. Ocultei-me no ângulo reentrante da casa colando o ouvido à janela.

Falavam na alcova; levantaram-se, soaram passos na saleta.

— Havia de ser o vento — disse a voz de Laura.

— Não, adeus! Também é tarde. Adeus! Fecha!

Ouvi fechar-se a porta, e passos na areia e ranger o portão da rua. Depois, dentro, passos mais próximos, e rumor no ferrolho da janela, que se abria. Quis afastar-me, não pude. Laura apareceu através da vidraça que eu tinha o rosto quase unido. Recuou espavorida, soltando um grito. Impeli com o ombro a porta fechada, entrei; a saleta e a alcova estavam desertas. Laura refugiara-se junto à mãe.

Tive um medo horrível de estalar de ira, sem que pudesse escrever-te, sem que pudesse matar-me, que é hoje o meu dever. Levantei a vidraça; o ar vivo da manhã inundou a sala; começavam a cantar os pássaros; a claridade fosca do alvorecer enchia o espaço.

Sentei-me à mesa, comecei esta carta. Ouvi, lá dentro, um choro abafado; havia de ser ela, com a mãe. Tão absorto fiquei nesta ocupação que estremeci ao ver junto a mim um vulto, roçando na mesa.

Era o estudante. Levantei-me.

— Que me quer?

— Só eu sou o culpado, aqui estou, não me defendo, tem o direito de matar-me. A ela, não: é uma mulher.

— E quem lhe disse que eu quero matar alguém?

Ele, sem responder, olhou para o revólver sobre a mesa.

— Não; tranquilize-se.

— Não tenho medo, tanto que aqui estou.

— E que veio fazer? Ah! Veio tentar-me! Veio conhecer-me!...

Nem sei bem o que mais disse; voltava-me a raiva, uma cega raiva bruta. Tomei de cima da mesa o chicote de cabo de prata, a encomenda de Laura, e, rápido, vertiginoso, vibrei-o no ar, com uma firmeza de pulso que nunca tive, e retalhei-lhe a cara a chicotadas, donde rebentava sangue. Arremeteu para mim; venceu-me o instinto de conservação, apontei-lhe o revólver. Então, escondendo a face no braço arqueado, fugiu pela porta fora.

Neste momento, senti que me abraçavam, vigorosamente. Era o Carlos, meu cunhado. Pálido, tinha um brilho estranho nos olhos.

— Muito bem! Agora deve matá-la.

Tive uma forte comoção, que afinal se desfez em lágrimas. Abracei chorando o honrado menino, que chorava agora também.

— Não — disse-lhe muito calmo. — O culpado sou eu: quem deve morrer sou eu. Peço-lhe que me deixe agora, meu amigo.

Obedeceu: saiu.

Ia tomar a pena para concluir enfim esta carta, quando ouvi passos do interior e apareceu-me a sogra, a ridícula matrona, com os seus modos cheios de suavidade e de conciliação.

Repeli-a desde a porta:

— Retire-se!

Continuou a aproximar-se.

— Retire-se! — repeti, com surda indignação, batendo o pé.

Parece que o olhar com que recebi o seu olhar choroso gelou-a de terror; desapareceu por onde viera.

Enfim, estamos sós! Só contigo neste instante: só em face da morte, nestes dois minutos. Adeus, meu amigo. Pensa em mim às vezes, e, se quiseres, escreve, um dia, a história de minha vida, truncada em flor, começada pelo enjeitamento, encerrada pelo suicídio, entre a mãe sem alma e a esposa sem pudor. E quando tornares a vê-la, a única mulher que amei, dize-lhe todo o meu segredo, que já agora não ofende a ninguém. Sê feliz. Adeus.

Luiz Marcos".

"9 de outubro."

Na manhã seguinte, fui visitar o seu túmulo, no canto profanado do cemitério. Fica a poucos passos da sepultura do Varella, que ele admirava tanto. À tarde, regressei para B., levando no coração uma ferida incurável, que ainda hoje, há mais de dois anos, sangra, com a mesma dor do primeiro dia.

Tornei, em novembro, a Niterói e à Corte. Deram-me notícias da viúva; morava com a irmã, que sacudira o jugo do inglês, num palacete das Laranjeiras, onde a mãe, a abadessa, fazia sala aos frequentadores.

Estava em plena voga, com o seu luto de veludo negro.

Só depois, gasta e repelida, tendo descido toda a escala da degradação, é que se foi refugiar na província e na devoção, *refugium peccatorum*.

No dia 2, dia de finados, por uma clara manhã festiva, fui ao Cemitério de Maruí, à sepultura de Luiz Marcos.

Junto ao portão, estacionava uma caleça única, de lacaio de libré, de luto.

Entrei. A alegria da natureza invadira o fúnebre recinto: as lousas de mármore branco alvejavam às carícias do sol; no céu, pelos cabeços das serras distantes, flutuavam tênues farrapos de nuvens; um vento fresco limpava o espaço dos últimos nevoeiros da manhã, e a eterna abóbada arqueava-se impecavelmente azul. Andava no ar, entrava pelas almas, um claro, vigoroso influxo de renascimento e de esperança.

Quando me aproximava do túmulo do meu amigo, levantava-se dali e vinha saindo uma bela mulher vestida de preto, pálida, com os olhos vermelhos de chorar.

Ao encontrarmo-nos, cortejei-a profundamente. Reconheci Eugênia.

Meu desgraçado amigo! Se lá da outra vida misteriosa, em que tu vives, enxergam-se as coisas deste mundo subalterno, ao ver a magoada saudade daqueles castos olhos, como a tua alma agradecida havia de exultar com a glória deste prêmio!

S. Gonçalo do Sapucaí, 11 de janeiro de 1882.